풀 베 개

나쓰메 소세키 지음
박현석 옮김

玄 人

풀 베 개
草 枕

나쓰메 소세키
夏目漱石

옮긴이 박현석

대학 졸업 후 일본으로 건너가 유학 및 직장 생활을 하다 지금은 전문번역가로 활동 중이며 우리나라에 아직 소개되지 않은 유명 작가들의 작품을 소개하기 위해서 출판을 시작했다. 나쓰메 소세키의 『갱부』, 『태풍』, 다자이 오사무의 『판도라의 상자』, 나카니시 이노스케의 『붉은 흙에 싹트는 것』, 요시카와 에이지의 『우에스기 겐신』 등을 국내에서 처음으로 번역·출간했으며, 야마모토 슈고로, 고가 사부로, 구사카 요코, 와시오 우코 등의 작가도 소개했다. 그 외에도 『나쓰메 소세키 단편소설 전집』, 『나쓰메 소세키 수상집』, 『도련님』, 『풀베개』 등을 번역·출간했다.

풀베개

1판 1쇄 인쇄 2023년 7월 3일
1판 1쇄 발행 2023년 7월 10일

지은이 나쓰메 소세키
옮긴이 박현석
펴낸이 박현석
펴낸곳 현 인

등 록 제 2010-12호
주 소 서울시 도봉구 덕릉로 62길 13, 103-608호
전 화 010-2012-3751
팩 스 0505-977-3750
이메일 gensang@naver.com

ISBN 979-11-90156-41-7

목 차

* 작품 속 단위의 환산

1치 ― 3.03㎝

1자 ― 30.3㎝

1간 ― 1.818m

1정 ― 109m

1길 ― 1.8m 혹은 3m

1리 ― 393m

1홉 ― (용량) 180㎖ (면적) 0.33㎡

1첩 ― 다다미를 세는 단위로 1첩은 약 1.7㎡(0.5평)

1센 ― 화폐의 단위로 1엔의 100분의 1

1린 ― 화폐의 단위로 1센의 10분의 1

1

　산길을 오르며 이렇게 생각했다.

　지(智)로 움직이면 모가 난다. 정(情)에 휩쓸리면 휘둘리고 만다. 고집을 부리면 옹색해진다. 어쨌든 사람의 세상은 살기 어렵다.

　살기 어려움이 심해지면, 쉬운 곳으로 옮기고 싶어진다. 어디로 옮겨도 살기 어렵다는 사실을 깨달았을 때, 시가 태어나고 그림이 생겨난다.

　사람의 세상을 만든 것은 신도 아니고 귀신도 아니다. 역시 맞은편 집과 양 이웃집에서 어른거리는 가깝고 평범한 사람들이다. 평범한 사람이 만든 사람의 세상이 살기 어렵다고 해서 옮겨갈 나라는 없을 것이다. 있다면 사람이 아닌 자[1]의 나라로 갈 수 있을 뿐이다. 사람이 아닌 자의 나라는 사람의 세상보다

---

1) 人でなし. 사전적 의미로는 '사람다운 마음을 가지고 있지 않아 은의와 인정을 알지 못하는 것. 또는 그런 사람이나 그러한 모습.'이다.

더 살기 어려우리라.

옮길 수 없는 세상이 살기 어렵다면 살기 어려운 곳을 얼마간 편안하게 해서 짧은 목숨이 짧은 순간이나마 살기 좋게 하지 않으면 안 된다. 여기서 시인이라는 천직이 생겨나고, 여기서 화가라는 사명이 내려온다. 모든 예술가는 사람의 세상을 한가롭게 만들고, 사람의 마음을 풍요롭게 하기에 존귀한 것이다.

살기 어려운 세상에서 살기 어렵게 하는 번뇌를 제거하여 고마운 세계를 눈앞에 묘사하는 것이 시다, 그림이다. 혹은 음악과 조각이다. 자세히 말하자면 묘사하지 않아도 된다. 그저 눈앞에서 보기만 해도 거기서 시도 생겨나고 노래도 솟아오른다. 착상을 종이에 떨어뜨리지 않아도 금옥성(金玉声)은 가슴속에서 일어난다. 단청은 그림판을 향해서 채색하지 않아도 오색찬란함이 저절로 심안에 비친다. 그저 자신이 사는 세상을 이렇게 볼 줄 알고, 마음속 영혼의 카메라에 문란하여 혼탁한 속세를 맑고 화창하게 담을 수 있다면 족하다. 이러한 까닭에 소리 없는 시인에게 시 한 구절 없어도, 색이 없는 화가에게 화폭이 없어도, 사람의 세상을 이렇게 볼 수 있다는 점에서, 번뇌를 이렇게 해탈할 수 있다는 점에서, 청정계(清浄界)에 이렇게 드나들 수 있다는 점에서, 또한 둘도 없는 세상을 건립할 수 있다는 점에서, 사리사욕의 굴레를 소탕한다는 점에서, ─부잣집 자식보다도, 만승의 임금보다도, 모든 속계의 총아보다도

행복하다.

세상살이 20년 만에 살 만한 보람이 있는 세상이라는 사실을 알게 되었다. 25년 만에 명암은 표리와 같아서, 볕이 드는 곳에는 반드시 그림자가 진다는 사실을 깨달았다. 서른이 된 지금은 이렇게 생각하고 있다. ―기쁨이 깊을 때 슬픔이 깊고, 즐거움이 클수록 괴로움도 크다. 이를 떼어내려 하면 몸이 견디지 못한다. 없애버리려 하면 세상이 성립되지 않는다. 돈은 중요하다. 중요한 물건이 늘어나면 잠을 자는 동안에도 걱정이 되리라. 사랑은 기쁘다. 기쁜 사랑이 쌓이면, 사랑하지 않았던 옛날이 오히려 그리워지리라. 각료의 어깨는 수백만 사람의 생활을 지탱하고 있다. 등에는 무거운 천하가 업혀 있다. 맛있는 음식도 먹지 않으면 아깝다. 조금 먹으면 성에 차지 않는다. 마음껏 먹으면 나중이 불쾌하다. ……

나의 생각이 여기까지 표류해왔을 때, 나의 오른발이 느닷없이 앉음새가 좋지 않은 모난 돌의 끝을 잘못 밟았다. 평형을 유지하기 위해서 아차차 앞으로 내뻗은 왼발이 실수를 만회함과 동시에 나의 몸은 운 좋게도 사방 3자 정도의 바위 위에 내려앉았다. 어깨에 메고 있던 그림도구상자가 겨드랑이 밑에서 튕겨나왔을 뿐, 다행히 아무런 일도 없었다.

일어나며 맞은편을 보니 길 왼편으로 양동이를 엎어놓은 것 같은 봉우리가 솟아 있었다. 삼나무인지 노송나무인지 모르겠으나 산 아래부터 정상까지 온통 검푸른 가운데 불그레한 산벚나무가 얼룩덜룩 옆으로 길게 늘어서 있었고, 그 이음매가 분명하게 보이지 않을 정도로 안개가 짙었다. 조금 앞쪽의 민둥산이 하나, 개중에서도 눈에 띄었다. 벗겨진 측면은 거인의 도끼로 깎아낸 것일까? 날카로운 평면을 그대로 계곡 바닥에 묻고 있었다. 꼭대기에 한 그루 보이는 것은 적송이리라. 가지 사이의 하늘까지 선명했다. 앞길은 2정쯤에서 꺾여 있었으나 높은 곳에서 빨간 담요[2]가 움직이며 오고 있는 것을 보니, 올라가면 저곳으로 나서는 것이리라. 길은 매우 험했다.

그저 흙을 고르는 일이라면 그렇게 품이 들지도 않을 테지만, 흙 속에는 커다란 돌이 있다. 흙은 평평하게 해도 돌은 평평해지지 않는다. 돌은 깨부술 수 있어도 바위는 처치곤란이다. 파헤친 흙 위에 유유히 솟은 채, 우리를 위해 길을 양보할 기색이 없다. 상대편에서 말을 들어주지 않는 한, 넘어가거나 돌아갈 수밖에 없다. 바위가 없는 곳 역시 걷기 편하지는 않았다. 좌우가 높고 가운데가 움푹해서, 마치 폭 1간을 삼각형으로 파낸 그 정점이 한가운데를 뚫고 지나는 것 같다고 말해도 좋을 듯했다. 길을 간다기보다는 강바닥을 건넌다고 하는 편이 더 적당했다. 애초부터 서두를 것 없는 여행이었기에 슬렁슬렁 꼬부랑길로 접어들

---

2) 옛날 일본의 시골에서는 방한용으로 담요를 두르고 다니는 습관이 있었다.

었다.

홀연 발아래서 종다리 소리가 들리기 시작했다. 골짜기를 내려다보았으나 어디서 울고 있는 것인지 그림자조차 보이지 않았다. 단지 소리만이 뚜렷하게 들려왔다. 부지런히 다급하게, 쉴 새 없이 울고 있었다. 사방 몇 십 리의 공기 전체가 벼룩에 물려 견딜 수 없어 하는 것 같다는 생각이 들었다. 그 새가 우는 소리에는 잠시의 여유도 없었다. 한가로운 봄날을 하루 종일 울고, 밤새 울고 또 울며 지내지 않으면 속이 풀리지 않는 것처럼 보였다. 게다가 어디까지고 올라갔으며, 언제까지고 올라갔다. 종다리는 틀림없이 구름 속에서 죽는 것이리라. 끝까지 오른 끝에 구름으로 흘러들어가 맴도는 동안 모습은 사라져버리고 오로지 소리만이 하늘 속에 남아 있는 것일지도 몰랐다.

바위 모퉁이를 날카롭게 돌아, 맹인이라면 거꾸로 곤두박질 칠 만한 곳을 간신히 오른쪽으로 꺾어져 옆을 내려다보니 유채 꽃이 한가득 보였다. 종다리는 저기로 떨어지는 걸까 싶었다. 아니, 저 황금 들판에서 날아오르는 걸까 싶었다. 다음에는 떨어지는 종다리와 오르는 종다리가 열십자로 스쳐지나는 걸까 싶었다. 마지막으로 떨어질 때도, 오를 때도, 그리고 열십자로 스쳐지날 때도 쉬지 않고 힘차게 우는 걸까 싶었다.

봄은 졸린다. 고양이는 쥐 잡기를 잊고 사람은 빚이 있다는 사실을 잊는다. 때로는 자신의 혼이 있는 곳조차 잊어 넋을 잃고 만다. 다만 유채꽃을 멀리서 바라본 순간에 눈이 떠진다. 종다리 소리를 들은 순간에 혼이 어디에 있는지 분명해진다. 종다리는 입으로 우는 것이 아니다. 혼 전체가 우는 것이다. 혼의 활동이 소리로 드러나는 것 가운데 그처럼 힘찬 것도 없다. 아아, 유쾌하다. 이렇게 생각하고 이렇게 유쾌해지는 것이 시다.

문득 셸리의 종다리에 관한 시3)가 떠올라 입 안에서 외우고 있는 부분만을 암송해보았는데, 외우고 있는 부분은 두어 구절밖에 되지 않았다. 그 두어 구절 가운데 이런 것이 있다.

We look before and after

And pine for what is not:

Our sincerest laughter

With some pain is fraught;

Our sweetest songs are those that tell of saddest thought.

〈앞을 보고는, 뒤를 보고는, 갖고 싶다고, 동경하는 우리 진심에서 우러나는, 웃음일지라도, 고통이, 거기에 있네. 아름답기, 짝이 없는 노래에, 슬프기, 짝이 없는 상념, 어려 있음을 알라.〉

---

3) 영국의 낭만파 시인인 셸리(Percy Bysshe Shelley, 1792~1822)의 「종다리에게(To a Skylark)」를 말한다.

그래, 시인이 아무리 행복하다 할지라도 저 종다리처럼 마음껏, 일심불란으로, 앞뒤 모든 것을 망각한 채 자신의 기쁨을 노래할 수는 없으리라. 서양의 시에는 물론 중국의 시에도 만곡의 근심4)이라는 말이 곧잘 나온다. 시인이라 만곡이지 일반인이라면 한 홉으로 끝날지도 모른다. 그러고 보면 시인은 일상적인 사람보다 근심이 많고, 평범한 사람의 배 이상으로 신경이 예민한 걸지도 모르겠다. 속세를 초월한 기쁨도 있을 테지만, 헤아릴 수 없는 슬픔도 많은 것이리라. 그렇다면 시인이 되는 것도 생각해보야 할 일이다.

한동안은 길이 평평하고 오른쪽은 잡목이 자란 산, 왼쪽은 시야 가득 유채꽃이었다. 발아래서 종종 민들레가 밟혔다. 톱니 같은 잎이 사방으로 거침없이 뻗어 한가운데 있는 노란 구슬을 옹호하고 있었다. 유채꽃에 마음을 빼앗겨 밟고 난 뒤에, 딱하게 되었다며 돌아보니 노란 구슬은 여전히 톱니 속에 떡하니 자리 잡고 있었다. 천하태평이었다. 다시 생각을 이어나갔다.

시인에게 근심은 부산물 같은 것일지도 모르겠으나 저 종다리를 듣는 마음이 되면 고뇌는 터럭만큼도 없다. 유채꽃을 보아도 그저 기뻐서 가슴이 설렐 뿐이다. 민들레도 그렇고,

---

4) 만곡의 근심은 수많은 슬픔이라는 뜻으로 중국 송나라의 시인인 소동파 (蘇東坡, 1037~1101)의 시에 나오는 구절. 곡(斛)은 부피의 단위로 10 말(18ℓ).

벚꽃도─벚꽃은 언제부턴가 보이지 않게 되었다. 이런 산 속에 들어와 자연의 경치를 접하면, 보는 것도 듣는 것도 재미있다. 그저 재미있을 뿐 특별히 괴로움도 일지 않는다. 일어나는 것이라고는 다리가 피곤하고 맛있는 음식을 먹지 못한다는 정도뿐이리라.

그런데 괴로움이 없는 것은 어째서일까? 이 경치를 단지 한 폭의 그림으로 보고, 한 편의 시로 읽기 때문이다. 그림이자 시인 이상, 땅을 얻어서 개척할 마음도 들지 않을 것이며 철도를 깔아서 한 몫 잡겠다는 심산도 서지 않을 것이다. 오로지 이 경치가─배를 채워주는 것도 아니고 월급을 보충해주는 것도 아닌 이 경치가 경치로써만 나의 마음을 즐겁게 해주기에 고통도 걱정도 따르지 않는 것이리라. 자연의 힘은 여기에 이르러 존귀하다. 우리의 성정을 단번에 도야해주어 순수하게 순수한 시경으로 들어가게 해주는 것이 자연이다.

사랑은 아름다우리라. 효도 아름다우리라. 충군애국도 좋으리라. 그러나 자신이 그러한 국면에 처하게 되면 이해의 회오리 바람에 휘말려 아름다운 일에도 좋은 일에도 눈은 어두워져버리고 만다. 따라서 어디에 시가 있는지 스스로는 알지 못한다.

이를 알려면 알 수 있을 만큼의 여유를 가진 제삼자의 위치에 서지 않으면 안 된다. 삼자의 위치에 서야만 비로소 연극도 보는 재미가 있다. 소설도 보는 재미가 있다. 연극을 보고 재미있

어하는 사람도, 소설을 읽고 재미있어하는 사람도 자신의 이해
관계는 생각지 않는다. 보거나 읽는 동안만은 시인이다.

그조차 일반적인 연극이나 소설에서는 인정을 벗어날 수가
없다. 괴로워하기도 하고 화를 내기도 하고 떠들어대기도 하고
울기도 한다. 보는 자도 어느 틈엔가 그 속에 동화되어 괴로워하
기도 하고 화를 내기도 하고 떠들어대기도 하고 울기도 한다.
좋은 점은 이욕이 섞여들지 않는다는 점에 있을지 모르겠으나,
섞여들지 않는 만큼 그 외의 다른 정서가 평상시보다 더 활동하
는 것이리라. 그것이 싫다.

괴로워하거나 화를 내거나 떠들어대거나 우는 것은 사람의
세상에서 늘 있는 일이다. 나도 30년 동안 그것을 계속해왔기에
지긋지긋하다. 지긋지긋한데 거기다 연극이나 소설로 같은
자극을 되풀이해서는 큰일이다. 내가 바라는 시는 그런 세상적
인정을 고무시키는 것이 아니다. 속념을 내버리고 잠시나마
속계에서 떠난 마음이 될 수 있는 시다. 아무리 걸작이라도
인정에서 벗어난 연극은 없다. 시비를 초월한 소설은 얼마
되지 않으리라. 어디까지나 세상을 벗어나지 못하는 것이 그들
의 특색이다. 특히 서양의 시는 인간사가 근본을 이루기에
이른바 시가의 순수한 것이라 할지라도 그 경지에서 해탈할
줄을 모른다. 어디까지나 동정이네, 사랑이네, 정의네, 자유네,
세상의 상점에 있는 것으로만 내용을 처리한다. 아무리 시적이

어도 땅 위를 박차며 돌아다니기에 금전에 대한 셈을 잊을
틈이 없다. 셸리가 종다리를 듣고 탄식한 것도 당연한 일이다.
반갑게도 동양의 시가에는 거기서 해탈한 것이 있다.

採菊東籬下(채국동리하)
悠然見南山(유연견남산)[5]

이것이 전부인 글 속에서도 답답한 세상을 완전히 잊은 광경
이 나타난다. 울 너머에서 이웃집의 아가씨가 엿보고 있는
것도 아니고, 남쪽 산에서 친구가 봉직(奉職)하고 있는 것도
아니다. 초연히 속세에서 벗어나 이해득실의 땀을 씻어낸 듯한
마음이 든다.

獨坐幽篁裏(독좌유황리)
彈琴復長嘯(탄금부장소)
深林人不知(심림인부지)
明月來相照(명월래상조)[6]

---

[5] 중국 육조시대의 시인인 도연명(陶淵明, 365~427)의 「음주(飲酒)」 가
운데 한 구절. '동쪽 울 아래서 국화를 꺾다, 한가로이 남쪽 산을 바라보
네'라는 뜻.
[6] 중국 당나라의 시인인 왕유(王維, 699~759)의 「죽리관(竹里館)」 가운
데 한 구절. '홀로 그윽한 대숲에 앉아, 거문고 타다 다시 길게 휘파람
부네, 깊은 숲이라 남들은 알지 못하나, 밝은 달이 찾아와 서로 비추네.'

겨우 20글자 속에 별세계를 건립하고도 남음이 있다. 이러한 세계의 공덕은 『불여귀7)』나 『금색야차8)』의 공덕이 아니다. 기선, 기차, 권리, 의무, 도덕, 예의에 지쳐버린 뒤, 모든 것을 잊고 깊이 잠든 것 같은 공덕이다.

20세기에 수면이 필요하다면, 20세기에 이 속세에서 벗어난 시의 맛은 소중하다. 안타깝게도 지금의 시를 짓는 사람이나 시를 읽는 사람 모두 서양인에게 물들어 일부러 한가로이 편주(扁舟)를 띄워 이 도원으로 거슬러 올라가려는 자는 없는 듯하다9). 나는 애초부터 시인을 직업으로 삼고 있지 않기에, 왕유나 연명의 경지를 지금의 세상에 널리 포교할 마음은 전혀 가지고 있지 않다. 단지 내게는 이와 같은 감흥이 연예회보다, 무도회보다 약이 되는 듯 여겨진다. 파우스트보다 햄릿보다 고맙게 여겨진다. 이렇게 그저 혼자서 그림도구상자와 간이 삼각의자

라는 뜻.
7) 不如帰(호토토기스). 도쿠토미 로카(徳富蘆花, 1868~1927)의 장편소설. 결핵을 앓는 여성이 봉건적 윤리 때문에 사랑하는 남편과 헤어진다는 비극을 그린 소설.
8) 金色夜叉(곤지키야샤). 오자키 고요(尾崎紅葉, 1867~1903)의 장편소설. 한 남녀의 슬픈 사랑을 묘사한 소설. 우리나라에는 신소설 『장한몽』으로 번안되어 알려졌다.
9) 도연명의 「도화원기」에 나오는 이야기로, 무릉의 한 어부가 작은 배를 타고 강을 거슬러 오르다 복숭아꽃이 만발한 선경(仙境)을 발견했다는 이야기.

를 짊어지고 봄의 산길을 한가로이 걷는 것도 온전히 이것 때문이다. 연명, 왕유의 시경을 자연에서 직접 흡수하여 잠시나마 비인정10)의 천지를 거닐고 싶다는 소망에서. 하나의 취흥이다.

물론 인간의 한 분자이기에 아무리 좋다 해도 비인정이 그렇게 오래 지속될 수는 없다. 연명도 일 년 내내 남산을 바라보지는 않았을 것이며, 왕유도 좋아서 대나무 숲속에 모기장도 치지 않고 잔 사내는 아니었을 것이다. 역시 남은 국화는 꽃집에 팔아치웠을 것이며, 돋아난 죽순은 채소가게에 팔아넘겼을 것이라 여겨진다. 이런 나 역시도 마찬가지. 제아무리 종다리와 유채꽃이 마음에 든다 할지라도 산 속에서 노숙을 할 정도로 비인정이 깊지는 않다. 이런 곳에서도 사람과 만난다. 옷자락을 접어 허리춤에 지르고 수건으로 얼굴을 감싼 사람이나, 붉은 행주치마를 두른 아낙이나, 때로는 사람보다 얼굴이 긴 말까지도 만난다. 백만 그루의 노송나무에 둘러싸여, 해면에서부터 수백 자나 솟아오른 곳의 공기를 마시고 내뱉고 해도 사람의 냄새는 좀처럼 빠지지 않는다. 빠지기는커녕 산을 넘어 머물 곳의 오늘밤 숙소는 나코이11)의 온천장이다.

---

10) 非人情. 인정에서 벗어난, 혹은 초월한 세계를 말한다.
11) 那古井. 가공의 지명으로 구마모토 현의 오아마 온천이 모델이라고 한다. 나쓰메 소세키는 1897년에 이 온천장을 찾았다.

다만 모든 것은 보기에 따라서 달라지는 법이다. 레오나르도 다 빈치[12]가 제자에게 한 말 가운데, 저 종소리를 들어보아라, 종은 하나지만 소리는 어떻게든 들을 수 있다는 말이 있다. 한 사람의 남자, 한 사람의 여자도 보기에 따라서 어떻게든 판단할 수 있다. 어차피 비인정을 하러 나선 여행이니 그런 마음으로 인간을 보면 속세 뒷골목의 몇 번째 집에서 갑갑하게 살 때와는 다르리라. 설령 인정에서 완전히 떠날 수는 없다 할지라도, 하다못해 노[13]를 볼 때 정도의 담백한 마음은 될 수 있을 듯하다. 노에도 인정은 있다. 시치키오치[14]나 스미다가와[15]를 보고도 눈물을 흘리지 않으리라고는 보증할 수 없다. 그러나 그것은 정(情) 3할, 예(藝) 7할로 보여주는 기술이다. 우리가 노에서 받는 고마움은 하계의 인정을 있는 그대로 잘 묘사한 솜씨에서 오는 것이 아니다. 있는 그대로의 모습에 예술이라는 옷을 몇 벌이고 입혀 세상에는 있을 것 같지도 않은 한가로운 몸짓을 하기 때문이다.

잠시 이번 여행 중에 일어나는 일과 여행 중에 만나는 사람을

---

12) Leonardo da Vinci(1452~1519). 이탈리아 르네상스기의 최대 천재. 여러 방면에 걸쳐 뛰어난 재능을 보였다.
13) 能. 일본 전통의 가면극.
14) 七騎落. 전투에서 패한 장수의 가신이 주군을 위해 자신의 아들을 희생하나 적에 의해서 목숨을 건진다는 내용의 요쿄쿠(노의 각본).
15) 墨田川. 인신매매범에게 납치당한 아들을 찾아 어머니가 교토에서 도쿄의 스미다가와까지 간다는 내용의 요쿄쿠.

노의 장치와 배우의 연기라고 여겨보는 건 어떨까? 인정을 완전히 버릴 수는 없을 테지만, 뿌리가 시적으로 생겨먹은 여행이니 비인정을 행하는 김에 가능한 한 절약해서 거기까지는 다다르고 싶다. 남쪽의 산이나 그윽한 대숲과는 틀림없이 성격이 다르며, 또 종다리나 유채꽃과 똑같이 볼 수는 없을 테지만, 가능한 한 그것에 다가가게 하고, 다가가게 할 수 있는 한은 같은 관찰점에서 사람을 보고 싶다. 바쇼[16]라는 사내는 말이 머리맡에서 오줌을 누는 것조차 풍류가 있는 일이라 여겨 하이쿠[17]를 지었다. 나도 지금부터 만나는 인물을—농부든 도회지 사람이든 관청의 서기든 할아버지든 할머니든— 전부 대자연의 점경(点景)으로 묘사된 것이라고 가정하여 다뤄보기로 하자. 물론 그림 속의 인물과는 달리 그들은 제각각 멋대로 행동할 것이다. 그러나 보통의 소설가처럼 그 멋대로 하는 행동의 근본을 캐고 들어 심리작용을 파헤치거나, 사람 사이의 갈등을 새삼스레 따져서는 속된 것이 된다. 움직여도 상관없다. 그림 속의 사람이 움직이는 것이라고 보면 문제될 것이 없다. 그림 속의 인물은 아무리 움직여도 평면 밖으로는 나올 수 없는

---

16) 芭蕉(1644~1694). 에도 시대의 가인으로 각지를 돌아다니며 지은 하이쿠와 기행문, 일기 등을 남겼다. 독자적인 시풍으로 하이쿠의 예술성을 높였다.
17) 俳句. 일본의 전통 단가. 5·7·5의 3구 17음으로 자신의 생각을 표현한다.

법이다. 평면 밖으로 뛰쳐나와 입체적으로 활동한다고 생각하기에 나와 충돌하기도 하고 이해의 교섭이 벌어지기도 하여 귀찮은 것이다. 귀찮아지면 귀찮아질수록 미적으로는 볼 수 없게 된다. 앞으로 만나는 사람은 초연히 먼 위에서 바라보는 듯한 마음으로 대해, 쌍방에서 인정의 전기가 함부로 일어나지 않도록 하겠다. 그렇게 하면 상대방이 아무리 움직여도 나의 품속으로는 쉽게 뛰어들지 못하니, 곧 그림 앞에 서서 그림 속의 인물이 화면 속을 이쪽저쪽 부산스럽게 돌아다니는 모습을 보는 것처럼 되리라. 서로의 간격이 3자쯤만 떨어져 있어도 차분하게 바라볼 수 있다. 위태로운 마음 없이 바라볼 수 있다. 바꿔 말하자면 이해관계에 마음을 빼앗기지 않기에 전력을 다해서 그들의 동작을 예술적 방면으로 관찰할 수 있다. 다른 잡념 없이 아름다운지, 아름답지 않은지 감식할 수 있다.

여기까지 결심했을 때 하늘이 수상해지기 시작했다. 꾸물꾸물하던 구름이 머리 위로 드리우는가 싶더니, 어느 틈엔가 무너져내려 사방천지가 온통 구름바다가 되어버린 속으로 촉촉하게 봄비가 내리기 시작했다. 유채꽃은 벌써 지나쳤고 이제는 산과 산 사이를 가고 있었으나, 빗줄기가 촘촘해서 거의 안개처럼 보였기에 얼마쯤이나 떨어져 있는지 알 수 없었다. 가끔 바람이 불어와 높은 구름을 걷어낼 때면 거뭇한 산등성이가 오른쪽으로 보이는 경우가 있었다. 아마도 골짜기 하나를 건너 그 맞은편으로 산맥이 달리고 있는 듯했다. 왼쪽은 바로 산자락인 것 같았다. 자욱한 빗속으로 소나무인 듯한 것이 얼핏얼핏 얼굴을 내밀었다. 내밀었는가 싶으면 숨었다. 비가 움직이는 건지, 나무가 움직이는 건지, 꿈이 움직이는 건지, 어딘가 묘한 기분이었다.

길은 의외로 넓어졌고, 또 평탄했기에 걷기 힘들지는 않았으나 우장을 갖추지 않았기에 발걸음을 서둘렀다. 모자에서 빗방울이 뚝뚝 떨어질 무렵 5, 6간쯤 앞에서 방울소리가 들리더니 시커먼 곳에서부터 마부가 불쑥 모습을 드러냈다.

"근처에 쉴 만한 곳 없겠소?"

"15정쯤 더 가면 찻집이 있습니다. 제법 젖었네요."

아직 15정이나 남았나 하며 돌아보고 있자니 마부의 모습이 실루엣처럼 비에 감싸였다가 다시 슥 사라졌다.

가늘게 보이던 빗방울이 점점 굵고 길어져 이제는 한 줄기 한 줄기가 바람에 휘날리는 모습까지 눈에 들어왔다. 하오리[18]는 벌써 다 젖었고 속옷까지 스며든 물이 몸의 온도 때문에 미지근하게 느껴졌다. 느낌이 좋지 않았기에 모자를 기울여 쓰고 부리나케 걸었다.

옅은 먹빛의 아득한 세계를, 몇 줄기 은화살이 비스듬히 떨어지는 속을, 부지런히 젖으며 가는 나를, 내가 아닌 다른

---

18) 羽織. 일본 옷 가운데 겉에 입는 상의.

사람의 모습이라고 생각하면 시도 되고, 하이쿠도 읊을 수 있으리라. 사실 그대로의 나를 완전히 잊고 온전히 객관적인 눈으로 바라볼 때 비로소 나는 그림 속의 인물로서 자연의 풍물과 아름다운 조화를 이루게 된다. 단 내리는 비의 괴로움과 내딛는 발의 피로에 마음을 두면, 그 순간 나는 이미 시 속의 인물도 아니고 화폭 속의 인물도 아니다. 여전히 시정의 일개 얼치기일 뿐이다. 연기처럼 흩날리는 구름의 풍취도 눈에 들어오지 않는다. 꽃이 지고 새가 우는 정취도 마음에 떠오르지 않는다. 홀로 쓸쓸히 봄의 산을 가는 내가 얼마나 아름다운지는 더더욱 이해하지 못한다. 처음에는 모자를 기울여 쓰고 걸었다. 나중에는 그저 발등만 바라보며 걸었다. 마지막에는 어깨를 움츠리고 불안한 마음으로 걸었다. 비는 눈에 띄는 나뭇가지 전부를 흔들며 사방에서 외로운 나그네에게 들이쳤다. 비인정이 조금 지나치게 강한 듯했다.

2

"이보게."하고 불러보았으나 대답이 없었다.

처마 아래서 안을 들여다보니 바랜 장지문이 꼭 닫혀 있었다. 그 너머는 보이지 않았다. 짚신 대여섯 켤레가 차양에 쓸쓸하게 매달린 채 따분하다는 듯 흔들흔들 흔들리고 있었다. 아래에 막과자 통이 3개쯤 나란히 놓여 있고 그 옆에 5린짜리 동전과 1린 반짜리 동전이 흩어져 있었다.

"이보게."하고 다시 불렀다. 토방 한쪽 구석에 놓여 있는 절구 위에 봉긋하게 앉아 있던 닭이 놀라 눈을 떴다. 꼭꼭꼭, 꼭꼭꼭 수선을 떨기 시작했다. 문지방 밖의 흙 부뚜막이 지금 내린 비에 젖어서 색이 절반쯤 변해버린 위에 찻물 끓이는 새까만 솥이 걸려 있었는데 흙으로 만든 솥인지, 은으로 만든 솥인지 알 수 없었다. 다행히 아궁이에는 불이 피워져 있었다.

대답이 없기에 무단으로 불쑥 들어가 걸상 위에 앉았다. 닭이 날개를 퍼덕이며 절구에서 뛰어내렸다. 이번에는 다다미[1]

위로 올라갔다. 장지문이 닫혀 있지 않았다면 안으로까지 뛰어들 생각이었을지도 몰랐다. 수컷이 굵은 소리로 꾸꾸꾹 하자, 암컷이 가는 소리로 꼬꾸꾹 했다. 나를 마치 여우나 개로 생각하고 있는 듯했다. 걸상 위에는 됫박 정도 크기의 담배합이 한정하게 놓여 있고, 안에서 똬리를 튼 선향이 날이 지나는 줄도 모르는 듯한 얼굴로 매우 느긋하게 연기를 피워올리고 있었다. 비는 점차 잦아들었다.

조금 지나자 안쪽에서 발소리가 들리더니 바랜 장지문이 스르륵 열렸다. 안에서 할머니 하나가 나왔다.

어차피 누군가가 나올 것이라고는 생각했다. 아궁이에서는 불이 타오르고 있었다. 과자상자 위에는 동전이 흩어져 있었다. 선향이 한가롭게 연기를 피워올리고 있었다. 어차피 나올 게 뻔했다. 그러나 자신의 가게를 활짝 열어놓고도 신경 쓰지 않는 것처럼 보인다는 점이 도회와는 조금 달랐다. 대답이 없는데도 걸상에 앉아 언제까지고 기다리는 것도 어딘가 20세기라고는 여겨지지 않았다. 이런 것들이 비인정이어서 재미있었다. 게다가 밖으로 나온 할머니의 얼굴이 마음에 들었다.

2, 3년 전에 호쇼의 무대[2]에서 다카사고[3]를 본 적이 있었다.

---

1) 畳. 실내에 까는 일본 전통의 바닥재.
2) 노의 다섯 유파 가운데 하나인 호쇼류(宝生流)의 무대. 당시는 지요타구에 있었으나 지금은 분쿄 구에 있다.
3) 高砂. 다정한 노부부(소나무의 정령)의 전설을 다룬 요쿄쿠. 혼례식의

그때 이건 아름다운 활인화(活人畫)라고 생각했다. 빗자루를 짊어진 할아버지가 무대 입구에서 대여섯 걸음 걸어나와 슬쩍 뒤를 바라보더니 할머니와 마주섰다. 그 마주선 자세가 지금도 눈에 선하다. 나의 자리에서는 할머니의 얼굴이 거의 정면으로 보였는데, 아아 아름답다고 생각한 순간 그 표정이 마음의 카메라에 찰칵 찍혀버리고 말았다. 찻집 할머니의 얼굴은 그 사진에 피를 돌게 한 것이 아닐까 여겨질 만큼 닮았다.

"할머니, 여기에 잠깐 앉아 있었어."

"네, 이거, 전혀 몰랐기에."

"비가 제법 왔네."

"마침 비가 내려서 꽤 고생을 하셨겠네요. 오오오오, 많이도 젖으셨네요. 지금 불을 피워 말려드릴게요."

"저기 불을 조금 더 세게 해주면 쬐면서 말릴게. 이거 조금 쉬었더니 추워졌는걸."

"네, 바로 피워드릴게요. 그럼 차를 한 잔."

하고 일어서며 쉿쉿 두 마디 소리로 닭을 아래로 쫓았다. *꼬꼬꼬꼬* 달리기 시작한 부부는 다갈색 다다미에서 막과자 통 속을 짓밟더니 길가로 뛰쳐나갔다. 수컷이 달아날 때 막과자 위에 똥을 지렸다.

축가로 많이 불렸다.

"자, 한 잔."하며 할머니가 어느 틈엔가 안을 도려낸 쟁반 위에 찻사발을 얹어 내왔다. 거뭇하게 탄 갈색 바닥에 일필휘지로 그린 매화꽃이 세 송이 대수로울 것도 없다는 듯 그려져 있었다.

"과자를."하며 이번에는 닭이 짓밟고 간 고마네지[4]와 미진보[5]를 가지고 왔다. 똥이 어디에 묻어 있지나 않을까 바라보았지만 그건 통 안에 남겨져 있었다.

할머니는 민소매 겉옷 위에 어깨끈[6]을 걸치고 아궁이 앞에 웅크려 앉았다. 나는 품속에서 사생첩을 꺼내 할머니의 옆얼굴을 그리며 말을 걸었다.

"한정해서 좋네."

"네, 보시는 것처럼 산골이라."

"휘파람새도 우나?"

"네, 매일처럼 웁니다. 이 부근에서는 여름에도 울어요."

"들어보고 싶은데. 전혀 들리지 않으니 더 들어보고 싶어."

"딱하게도 오늘은, 아까 내린 비 때문에 어딘가로 달아났어요."

---

4) 胡麻ねじ. 쌀가루에 깨를 섞어 엿으로 반죽한 것을 길고 가늘게 자른 뒤, 비틀어 만든 과자.
5) 微塵棒. 찹쌀가루를 설탕으로 굳혀 봉 모양으로 만든 과자.
6) 欅(다스키). 양 어깨에서 겨드랑이에 걸쳐 ×모양으로 엇매어 옷소매를 걷어 끼우는 끈.

바로 그때 아궁이 속에서 타다닥 소리를 내더니 빨간 불이 휙 바람을 일으키며 1자 정도 뿜어져 나왔다.

"자, 불을 쬐세요. 추우셨죠?"라고 말했다. 처마 끝을 보니 파란 연기가 부딪쳐 흩어지면서도 희미한 흔적을 아직 차양의 판자에 휘감고 있었다.

"아아, 기분 좋다. 덕분에 죽다 살아났어."

"맞춤하게 비도 갰네요. 저기 덴구이와(天狗巖)가 보이기 시작했어요."

머뭇머뭇 흐리기만 한 봄의 하늘을 답답하다는 듯 불어대는 산바람이 시원하게 지나간 앞산의 한 모퉁이는 미련도 없이 화창하게 개었고, 노파가 손가락으로 가리킨 쪽에 거칠게 깎아 놓은 기둥처럼 뾰족하게 솟아 있는 것이 덴구이와라고 했다.

나는 우선 덴구이와를 바라보고, 다음으로 할머니를 바라보고, 세 번째로 양쪽을 반반씩 둘러보았다. 화가로서 나의 머릿속에 존재하는 할머니의 얼굴은 다카사고의 할멈과 로세쓰[7]가 그린 산의 마귀할멈뿐이다. 로세쓰의 그림을 보았을 때 이상 속의 할머니는 굉장한 것이라고 느꼈다. 단풍 속이나 차가운 달 아래에 두어야 한다고 생각했다. 호쇼의 특별무대[8]로 펼쳐진

---

7) 나가사와 로세쓰(長沢蘆雪, 1755~1799). 에도 중기의 화가. 산의 마귀 할멈이 특히 유명하다.

8) 정기적으로 공연하는 무대 외에 1년에 한두 번 공연하는 임시 무대. 대작이나 평소 잘 공연하지 않는 작품을 공연하는 경우가 많다.

노를 보기에 이르러, 아하 나이 든 여자에게도 저렇게 아름다운 표정이 있을 수 있는 법이로구나 하고 깜짝 놀랐다. 그 가면은 틀림없이 명인이 깎은 것이리라. 안타깝게도 작자의 이름은 빼먹고 듣지 못했지만, 노인도 그렇게 표현하면 넉넉하게, 온화하게, 따뜻하게 보인다. 금병풍이나 봄바람이나, 혹은 벚꽃과 함께 곁들여도 지장이 없을 도구였다. 나는 덴구이와보다는 허리를 펴고 손차양을 해서 멀리 저편을 손가락으로 가리키고 있는 민소매 차림의 할머니가 더 봄날 산길의 풍물에 어울린다고 생각했다. 내가 사생첩을 집어들고 조금만 더 하는 순간 할머니의 자세가 무너졌다.

어찌해야 좋을지 몰라 사생첩을 불에 쬐어 말려가며,

"할머니, 건강한 것 같네."라고 물어보았다.

"네. 감사하게도 건강해서 바느질도 하고, 모시도 잣고, 떡방아도 찧어요."

이 할머니에게 맷돌질을 시켜보고 싶어졌다. 하지만 그런 주문은 할 수 없기에,

"여기서 나코이까지는 10리가 조금 안 됐었지?"라고 다른 것을 물어보았다.

"네, 28정이라고 합니다. 손님은 온천치료를 위해서 여기에⋯⋯."

"붐비지 않으면 조금 머물까 싶은데, 어쨌든 마음이 내키면"

"아뇨, 전쟁[9]이 시작된 뒤부터는 찾아오는 사람이 아예 없어요. 마치 문을 닫은 것 같아요."

"이상한 일이군. 그럼 묵지 못할지도 모르겠네."

"아니요, 청하기만 하면 언제든 묵을 수 있어요."

"여관은 딱 한 집이었지?"

"네, 시호다[10] 씨를 찾으면 바로 알 수 있어요. 마을의 부자로, 온천장인지 은거지인지 모를 정도예요."

"그럼 손님이 없어도 괜찮겠네."

"손님은 처음이신지?"

"아니, 오래 전에 잠깐 가본 적이 있었어."

대화가 잠시 끊겼다. 사생첩을 펼쳐 조금 전의 닭을 조용히 사생하고 있자니 차분해진 귓가에 딸랑딸랑 말의 방울소리가 들려오기 시작했다. 그 소리가 저절로 박자를 만들어내 머릿속에 하나의 운율이 생겨났다. 잠을 자며 꿈결에서 이웃집의 절구소리에 이끌리는 듯한 심경이었다. 나는 닭의 사생을 그만두고 같은 페이지 끝에,

<봄바람이여 이젠[11]의 귀에 말의 방울>

---

9) 러일전쟁(1904~1905).
10) 志保田. 가공의 인물이나 구마모토 현의 자산가인 마에다 가가시(前田 案山子)와 그의 별장이 모델이다.
11) 히로세 이젠(広瀬惟然, ?~1711). 바쇼의 문하생으로 기행을 일삼았다. 바쇼가 죽자 바쇼의 하이쿠에 가락을 붙여 읊조리며 돌아다녔다고 한다.

이라고 써보았다. 산을 오르기 시작한 뒤부터 말과는 대여섯 마리와 마주쳤다. 마주친 대여섯 마리는 모두 배두렁이를 두르고 방울을 울리고 있었다. 요즘 세상의 말이라고는 여겨지지 않았다.

잠시 후 한가로운 마부의 노래가, 봄이 무르익은 한적한 외줄기 산길의 꿈을 깨웠다. 애달픔 속에 한가로운 울림이 담겨 있어서 아무리 생각해보아도 그림 같은 목소리였다.

＜마부의 노래 스즈카[鈴鹿]를 넘는구나, 봄비＞

라고 이번에는 비스듬히 써보았으나, 써놓고 나니 이건 나의 노래가 아니라는 사실을 깨달았다[12].

"또 누가 왔네요."라고 할머니가 절반은 혼잣말처럼 말했다.

단 한 줄기의 봄 길이기에 가는 사람도 오는 사람도 모두 가까운 자들인 듯했다. 조금 전에 마주쳤던 대여섯 마리의 딸랑딸랑들도 모두 이 할머니의 마음속에 또 누가 왔구나, 라는 생각을 떠오르게 한 뒤 산을 내려가고, 떠오르게 한 뒤 산을 올랐으리라. 적막한 길이 고금의 봄을 꿰뚫고 있으며, 꽃을 싫어하면 발 디딜 땅이 없는 작은 마을에서 할머니는 몇 년 전의 옛날부터 딸랑, 딸랑을 남김없이 헤아리다 오늘의 백발에 이른 것이리라.

---

12) 나쓰메 소세키의 친구인 마사오카 시키(正岡子規, 1867~1902)의 작품 가운데 '마부의 노래 스즈카를 오르는구나, 봄비'라는 것이 있다.

<마부의 노래여 백발도 물들이지 못한 채 저무는 봄>
이라고 다음 페이지에 써보았으나, 이것으로는 나의 느낌을
전부 말하지 못했어, 조금 더 다른 방법이 있을 듯한데, 하며
연필 끝을 응시한 채 생각에 잠겼다. 어떻게든 백발이라는
자를 넣고, 몇 대의 시절이라는 구를 넣고, 마부의 노래라는
제재도 넣고, 봄이라는 계절도 더해서 그것을 17자로 정리하고
싶다고 궁리를 하고 있는 동안,

"안녕하세요."하고 실물 마부가 가게 앞에 멈춰서 커다란
목소리로 인사를 했다.

"아아, 겐(源) 씨로군. 또 성 아랫마을에 가는 겐가?"

"뭐 필요한 거 있으면 사다드릴게요."

"그럼, 가지초(鍛冶町)를 지날 때 딸에게 레이간지(靈嚴寺)
절의 부적을 하나 얻어다주게."

"네, 얻어올게요. 하나요? 오아키(御秋) 씨는 좋은 곳으로
시집가서 다행이에요. 그렇죠, 아줌마?"

"고맙게도 오늘의 생활에는 쫓기지 않지. 어쨌든 다행이라고
할 수 있는 걸까?"

"다행이고말고요, 아줌마. 그 나코이의 아씨13)와 비교해보세
요."

---

13) 가공의 인물이나 마에다 가가시의 장녀인 쓰나(ツナ)가 모델이다.

"정말 가엾게도, 그렇게 예쁜데. 요즘에는 상태가 좀 어떤가?"

"그냥 똑같죠, 뭐."

"난감하겠군."하며 할머니가 크게 한숨을 쉬었다.

"난감하겠죠."하며 겐 씨가 말의 콧등을 쓰다듬었다.

가지 무성한 산벚나무의 잎과 꽃 모두 깊은 하늘에서 떨어진 그대로의 빗덩이를 흠뻑 머금고 있었는데, 이때 지나던 바람에 발이 걸려서 더는 견디지 못하고 임시 거처에서 후두둑 굴러 떨어지고 말았다. 말이 놀라 기다란 갈기를 위아래로 흔들었다.

"이놈!"하고 야단치는 겐 씨의 소리가, 딸랑딸랑과 함께 나의 명상을 깨뜨렸다.

할머니가 말했다. "겐 씨, 나는 시집갈 때의 모습이 아직도 눈앞에서 어른거려. 자락에 무늬가 들어간 긴소매옷[14]에 머리를 높이 틀어올리고[15] 말에 올라……."

"맞아요, 배가 아니었죠. 말이었어요. 역시 여기서 쉬다 갔었죠, 아줌마."

"그럼. 그 벚나무 아래에 아씨가 탄 말이 멈췄을 때, 벚꽃이 하늘하늘 떨어져서 애써 틀어올린 머리에 반점이 생겼었지."

나는 다시 사생첩을 펼쳤다. 이 경치는 그림도 되고 시도 된다. 마음속에 신부의 모습을 떠올려보고, 당시의 모습을 상상

---

14) 振袖(후리소데). 미혼 여성이 예복으로 입었다.

15) 高島田(다카시마다). 메이지 이후 신부의 정장이 되었다.

해보고, 옳다구나 싶은 얼굴로,

　<꽃 필 무렵을 넘어 고귀한 말에 신부>

라고 적어 넣었다. 신기하게도 의상과 머리와 말과 벚꽃까지 뚜렷하게 눈가에 떠올랐지만 신부의 얼굴만은 아무래도 떠오르지 않았다. 한동안 이 얼굴, 저 얼굴 생각하고 있자니 밀레이[16]가 그린 오필리아[17]의 얼굴이 홀연 나타나서 올림머리 아래로 쏙 들어갔다. 이건 아니다 싶어 기껏 떠올린 도면을 얼른 허물었다. 의상도 머리도 말도 벚꽃도 일순간에 마음속 배치에서 깨끗하게 물러났지만, 오필리아의 합장한 채 물 위를 떠내려가는 모습만은 몽롱하게 가슴 깊이 남아 있어서 종려나무 털로 만든 빗자루로 연기를 훑는 것처럼 개운치가 않았다. 하늘에 꼬리를 물고 가는 혜성처럼 어딘가 묘한 기분이 되었다.

　"그럼, 이만."하고 겐 씨가 인사를 했다.

　"돌아가는 길에 또 들르게. 마침 비가 와서 꼬부랑길은 수월치 않겠는데."

　"네, 조금 힘들겠네요."라며 겐 씨는 발걸음을 떼었다. 겐 씨의 말도 발걸음을 떼었다. 딸랑딸랑.

　"저 사람은 나코이에 사는 사내야?"

---

16) 밀레이(John Everett Millais, 1829~1896). 영국의 화가. 초상화가로 유명하다.
17) 햄릿의 여주인공으로 그녀가 죽어 강물을 따라 흘러내려가는 모습을 묘사한 작품은 밀레이의 대표작 가운데 하나다.

"네, 나코이의 겐베에(源兵衛)입니다."

"저 사내가 어딘가의 신부를 말에 태워서 고개를 넘었어?"

"시호다 댁의 아씨가 성 아랫마을로 시집을 갈 때, 아씨를 검푸른 말에 태워 겐베에가 고삐를 끌고 지나갔어요. 세월의 흐름은 빠른 법이어서, 올해로 벌써 5년이 되었네요."

거울을 마주할 때만 자기 머리가 흰 것을 탄식하는 자는 행복한 부류에 속하는 사람이다. 손가락을 꼽아보고 나서야 비로소 5년이라는 빛의 흐름이 구르는 바퀴처럼 빠르다는 정취를 깨닫는 할머니는, 인간으로서는 오히려 신선에 가까운 편이리라. 나는 이렇게 대답했다.

"틀림없이 아름다웠겠지? 보러 왔으면 좋았을 걸."

"하하하, 지금도 보실 수 있어요. 온천장에 가시면 틀림없이 나와서 인사를 하실 거예요."

"아하, 지금은 시골에 있나? 역시 자락에 무늬가 들어간 긴소매옷에 머리를 틀어올리고 있으면 좋으련만."

"부탁을 해보세요. 입어줄 거예요."

나는 설마 싶었으나 할머니의 표정은 의외로 진지했다. 비인정의 여행에는 이런 게 나오지 않으면 재미가 없다. 할머니가 말했다.

"아씨와 나가라 규수18)는 아주 닮았어요."

"얼굴이?"

"아니요. 신세가 말이죠."

"아하. 그 나가라 규수는 또 누구지?"

"옛날, 이 마을에 나가라 규수라는, 부잣집의 예쁜 딸이 있었다고 해요."

"아하."

"그런데 그 규수에게 두 남자가 한꺼번에 마음을 주어서 말이죠."

"그랬었군."

"사사다오토코(ささだ男)에게로 가야 할지, 사사베오토코(ささべ男)에게로 가야 할지, 규수는 밤낮으로 고민을 했지만 어느 쪽으로도 마음을 정하지 못해서 결국은,

＜가을 물들면 억새꽃 위에 놓이는 이슬처럼 꺼질 듯한 나의 애달픈 생각＞

이라는 노래를 읊으며 깊은 강에 몸을 던져 목숨을 끊었어요."

나는 이런 산골에 와서 이런 할머니한테 이런 고아(古雅)한 말로 이런 고아한 이야기를 듣게 될 줄은 생각지도 못했었다.

"여기서 5정쯤 동쪽으로 내려가면 길가에 오륜탑이 있어요. 이왕 왔으니 나가라 규수의 무덤도 보고 가세요."

나는 마음속으로 꼭 보러 가야겠다고 결심했다. 할머니는

---

18) 長良の乙女. 『만요슈(万葉集)』에 나오는 이야기를 조합해서 만든 가공의 인물. 두 남자가 청혼을 하자 고민 끝에 투신자살했다고 한다.

그 다음을 계속해서 이야기했다.

"나코이의 아씨에게도 두 남자가 탈이 되었어요. 한 사람은 아씨가 교토(京都)로 수행을 나가셨을 무렵에 만나셨고, 한 사람은 이곳 성 아랫마을에서 제일 부자예요."

"아하, 아씨는 어느 쪽에 마음을 줬지?"

"당신은 교토에 계신 분을 간절히 소망했는데, 거기에는 여러 가지 이유도 있었겠지만, 부모님이 억지로 이쪽 분을 택하셔서……."

"다행스럽게도 깊은 강물에 몸을 던지지는 않은 모양이군."

"그런데 저쪽에서도 얼굴을 보고 데려간 거라 꽤나 애지중지하셨을지는 모르겠지만, 애초부터 마지못해 가신 거라 아무래도 사이가 좋지 않아서 식구들도 크게 걱정한 모양이었어요. 그러던 중에 이번의 전쟁으로 서방님이 다니던 은행이 망했어요. 그 일이 있고 나서 아씨는 다시 나코이로 돌아오셨어요. 세상에서는 아씨를 두고 인정머리가 없다는 둥, 매정하다는 둥 여러 가지로 말해요. 원래는 더 없이 내성적이고 다정한 분이셨는데, 요즘에는 성격이 아주 거칠어져서 참으로 걱정이라고 겐베에가 올 때마다 말해요. ……."

여기서 얘기를 더 들으면 기껏 피어오른 정취가 깨지고 말리라. 마침내 막 신선이 되려는 찰나에 누군가가 와서 날개옷을 돌려달라고, 돌려달라고 재촉할 듯한 기분이 들었다. 험한 꼬부랑길을 무릅쓰고 간신히 여기까지 왔는데, 그렇게 간단히 속계로 끌려 내려가서는 표연히 집을 나선 보람이 없으리라. 세상 이야기도 어느 정도 이상으로 파고들면 속세의 냄새가 털구멍으로 스며들어 때로는 몸이 무거워지곤 한다.

"할머니, 나코이까지는 외길이지?"라며 10센 은화를 하나 걸상 위에 짤랑 내던지고 자리에서 일어났다.

"나가라 오륜탑에서 오른쪽으로 내려서면 6정쯤 질러갈 수 있어요. 길은 좋지 않지만 젊은 양반에게는 그쪽이 더 좋을 거예요. —찻삯을 이렇게나 많이. —조심해서 가세요."

3

어젯밤에는 묘한 기분이 들었다.

여관에 도착한 것이 밤 8시 무렵이었기에 집의 구조나 정원을 꾸민 모습은 물론 동서의 구별조차 할 수 없었다. 어딘가 회랑 같은 곳을 자꾸만 끌고 돌아다니더니 결국에는 6첩쯤 되는 작은 방에 집어넣었다. 예전에 왔을 때와는 전혀 다른 느낌이었다. 저녁을 먹고 목욕을 마친 뒤 방으로 돌아와서 차를 마시고 있자니 어린 하녀가 와서 이부자리를 펼지 물어보았다.

이상하다 싶었던 점은 숙소에 도착했을 때의 손님맞이도, 저녁식사의 수발도, 목욕탕으로의 안내도, 이부자리를 펴는 일도 전부 이 어린 하녀가 혼자서 했다는 점이었다. 그런데 말은 거의 하지 않았다. 그렇다고 촌티가 나는 것은 아니었다. 빨간 허리띠를 색기 없이 두른 채 고풍스러운 손등을 밝혀들고 복도 같기도 하고 계단 같기도 한 곳을 빙글빙글 맴돌았을 때, 같은 허리띠에 같은 손등으로 같은 복도인지 계단인지 모를 곳을 몇 번이고 내려가서 목욕탕으로 데려다 주었을 때는, 스스로도 이미 캔버스 안을 오가고 있는 듯한 기분이 들었다.

식사 수발을 들 때는, 요즘 손님이 없어서 다른 방들은 청소를 해두지 않았으니 평소 사용하던 방이지만 참아달라고 말했다. 이부자리를 펼 때는 편히 주무세요, 라고 사람다운 말을 하고 나갔으나, 그 발소리가 예의 구불구불한 복도를 점차 밑으로 멀어져갈 때는 뒷자리가 쥐 죽은 듯 고요해서 사람의 기운이 느껴지지 않는 것이 마음에 걸렸다.

태어나서 이런 경험은 딱 한 번밖에 없었다. 옛날에 보슈[1]를 다테야마(館山)에서부터 맞은편으로 가로질러가서, 가즈사(上総)에서 조시(銚子)까지 해변을 따라 걸은 적이 있었다. 그때의 어느 날 밤, 어떤 곳에서 묵었다. 어떤 곳이라고밖에 달리 표현할 길이 없다. 지금은 그 지방의 이름도 숙소의 이름도 까맣게 잊고 말았다. 무엇보다 여관에 묵은 것인지조차 알 수가 없다. 용마루가 높고 커다란 집에 여자가 단둘이 있었다. 내가 묵을 수 있느냐고 물었더니 나이 많은 쪽이 네, 라고 대답했고 젊은 쪽이 이쪽으로 하며 안내를 하기에 따라가보니, 황폐해질 대로 황폐해진 널따란 방을 몇 개고 지나 가장 안쪽의 중이층으로 안내해주었다. 계단을 3개 올라 복도에서 방으로 들어서려는

---

1) 房州. 지금의 지바 현 남부지방을 이르던 옛 지명.

순간 판자로 된 차양 아래에 비스듬히 기울어 있던 한 무리의 기다란 대나무가 팔랑 저녁바람을 받아 나의 어깨에서부터 머리를 쓰다듬었기에 이미 섬뜩했었다. 툇마루의 바닥은 벌써 썩어가고 있었다. 내년이면 죽순이 마룻바닥을 뚫고 나와 방 안이 온통 대나무투성이가 될 것이라고 말했더니 젊은 여자는 아무런 말도 하지 않고 싱긋 웃으며 나갔다.

그날 밤에는 예의 대나무가 머리맡에서 바스락거려 잠들지 못했다. 장지문을 여니 정원은 풀로 가득했고, 여름밤의 밝은 달에 시선을 옮겨보니 담이나 울타리는커녕 그대로 풀이 자란 커다란 산과 이어져 있었다. 풀이 자란 산 너머는 바로 넓은 바다여서 쏴아쏴아 커다란 파도가 사람의 세상을 위협하러 왔다. 나는 결국 새벽녘까지 한잠도 자지 못했고, 미덥지 못한 모기장 속에서 견디며 마치 구사조시[2] 속에라도 나올 법한 일이라고 생각했다.

그 이후로 여행도 여러 번 해보았지만 이런 기분이 든 적은, 오늘밤의 이 나코이에서 묵을 때까지 한 번도 없었다.

똑바로 누운 채 문득 눈을 떠보니 방문 위 채광창에 주홍색으로 테두리를 칠한 액자가 걸려 있었다. 누운 채로도 竹影扒階塵不動(죽영불계진부동)[3]이라는 글자를 분명히 읽을 수 있었다.

---

2) 草双紙, 에도 시대에 아녀자들이 읽던 통속소설로 현실에 있을 것 같지도 않은 이야기가 많았다.

다이테쓰(大徹)라는 낙관도 뚜렷하게 보였다. 나는 서(書)에 관해서는 감식안이 전혀 없지만 평소부터 황벽종4)의 고센5) 화상의 필치를 좋아했다. 인젠6)과 소쿠히7)와 모쿠안8)에게도 각각 보는 맛은 있으나, 고센의 글씨가 가장 원숙하고 힘에 넘치며 기품이 있고 온화하다. 지금 이 7글자를 보니 붓을 쓰는 것에서부터 손놀림, 아무리도 고센이라고밖에 여겨지지 않았다. 그러나 실제로 다이테쓰라고 찍혀 있으니 다른 사람이리라. 어쩌면 황벽종에 다이테쓰라는 스님이 있었던 걸지도 모르겠다. 그렇다고 하기에는 종이의 빛깔이 너무 새것이었다. 아무래도 작금의 것이라고밖에는 여겨지지 않았다.

옆을 보았다. 장식공간9)에 걸려 있는 자쿠추10)의 학 그림이

---

3) '대나무 그림자가 섬돌을 쓸어도 티끌하나 일지 않네' 중국 명나라의 홍자성(洪自誠)이 지은 『채근담』 속의 한 구절이다.

4) 黃檗宗. 중국에서 시작된 선종의 일파로 1654년에 명나라의 인젠(隱元, 1594~1673)이 교토의 우지(宇治)에 오바쿠산 만푸쿠지(黃檗山 萬福寺)라는 절을 건립하고 일본에 전파하여 선종 3파 가운데 하나가 되었다.

5) 高泉(1633~1695). 황벽파의 승려. 1661년에 명에서 일본으로 건너가 우지의 만푸쿠지를 중흥했다.

6) 인젠은 일본에 귀화했으며 황벽삼필 가운데 하나로 불렸다. 에도 시대에 중국식 서도를 널리 알렸다.

7) 即非(1616~1671). 인젠의 부름을 받고 1657년에 일본으로 건너간 명나라의 승려. 황벽삼필.

8) 木庵(1611~1684). 인젠의 수제자로 1655년에 일본으로 건너가 만푸쿠지의 2대 주지가 되었다. 황벽삼필.

9) 床の間(도코노마). 방의 한쪽 벽 앞을 한 단 높게 만든 공간. 벽에 족자를 걸고 그 앞에 꽃이나 장식물을 놓아 꾸몄다. 옆에는 두 개의 판자를

눈에 띄었다. 이건 나의 직업상 방에 들어선 순간 이미 일품인 줄 알아보았다. 자쿠추의 그림은 대체로 세밀한 채색화가 많으나 이 학은 세상의 시선을 의식하지 않고 한 번의 붓놀림으로 그린 것인데, 외발로 늘씬하게 서 있는 위에 달걀모양의 몸이 두둥실 떠 있는 모습이 나의 마음에 꼭 맞았으며, 속세를 벗어난 듯한 정취가 기다란 부리 끝에까지 어려 있었다. 장식공간 옆에 선반은 생략되어 있었으며, 일반적인 벽장이 이어져 있었다. 벽장 안에는 무엇이 있는지 알 수 없었다.

곤히 잠 든다. 꿈으로.

나가라 규수가 긴소매 옷을 입고 검푸른 말에 올라 고개를 넘자 느닷없이 사사다오토코와 사사베오토코가 튀어나와 양쪽에서 잡아당겼다. 여자가 갑자기 오필리아로 변하더니 버드나무 가지에 올라 강 위를 떠내려가며 아름다운 목소리로 노래를 불렀다. 구해주어야겠다는 생각에 기다란 장대를 들고 무코지마(向島)를 뒤따라갔다. 여자는 괴로운 모습도 없이 웃으며, 노래를 부르며, 어디로 가는지도 모르게 떠내려가고 있었다. 나는 장대를 짊어진 채 이봐요, 이봐요, 하고 불렀다.

거기서 눈을 떴다. 겨드랑이에서 땀이 흐르고 있었다. 아름다움과 속됨이 뒤섞인 묘한 꿈을 꾸었다고 생각했다. 옛날 송나라

엇갈리게 설치한 선반이 있는 것이 보통이다.
10) 若沖(1716~1800). 에도 중기의 화가. 동식물화에 능했다.

의 대혜[11] 선사는 깨달음을 얻은 뒤 뜻대로 되지 않는 일이 하나도 없었으나 오로지 꿈속에서만은 속념(俗念)이 나와 난처하다며 오랜 세월 그것 때문에 시달렸다고 하는데, 과연 옳은 말이었다. 문예를 하늘이 내린 운명으로 삼고 있는 자는 조금 더 아름다운 꿈을 꾸지 않으면 글발이 서지 않는다. 이런 꿈은 대체로 그림도 시도 되지 않는다고 생각하며 몸을 뒤척이자, 어느 틈엔가 장지문에 달이 비쳐 나뭇가지 두어 개가 비스듬히 그림자를 드리우고 있었다. 청명할 정도의 봄밤이었다.

마음이 그래서 그런지 누군가 작은 목소리로 노래를 부르고 있는 것 같다는 느낌이 들었다. 꿈속의 노래가 이 세상으로 빠져나온 것일까, 혹은 이 세상의 목소리가 멀리 꿈나라로 비몽사몽간에 숨어든 것일까 하며 귀를 기울였다. 틀림없이 누군가가 노래를 부르고 있었다. 분명 가늘고 낮은 목소리이기는 했으나 잠들려 하는 봄밤에 한 줄기 희미한 맥박을 계속 뛰게 하고 있었다. 가락이야 어찌 됐든 가사를 들어보니—머리맡에서 부르는 게 아니니 가사가 들릴 리 없었다.— 신기하게도 그 들릴 리 없는 것이 잘 들렸다. 가을 물들면, 억새꽃 위에, 놓이는 이슬처럼, 꺼질 듯한, 나의 애달픈 생각, 하고 나가라 규수의 노래를 거듭거듭 되풀이하고 있는 듯했다.

---

11) 大慧(1089~1163). 중국 남송의 선승으로 제자인 혜연이 그 법어를 수록한 『정법안장(正法眼藏)』이 유명하다.

처음에는 뒷마루 가까이서 들리던 목소리가 점차 가늘게 멀어져갔다. 갑자기 그치는 것에는 갑작스럽다는 느낌은 있으나 애달픔은 적다. 불쑥 단호한 목소리를 들은 사람의 마음에는 역시 불쑥 단호한 느낌이 든다. 이렇다 할 단락도 없이 자연스럽게 가늘어지다 어느 틈엔가 사라져야 할 현상에는 나 역시도 초(秒)를 단축하고 분(分)을 나누어 마음속 불안함의 불안함이 야위어간다. 숨을 거둘 듯 거둘 듯한 환자처럼, 꺼질 듯 꺼질 듯한 등불처럼 곧 그치겠지, 그치겠지 하며 마음만 어지럽게 하는 이 노래 속에는 천하 봄의 원한을 전부 모아놓은 선율이 있었다.

지금까지는 이부자리 속에서 견디고 있었지만 들리는 목소리가 멀어져감에 따라서 내 귀는, 후려내려는 것임을 알면서도 그 목소리를 따라가고 싶어졌다. 가늘어지면 가늘어질수록 온몸이 온통 귀가 되어서라도 뒤를 좇아 달려가고 싶다는 기분이 들었다. 이제는 아무리 애를 태워도 고막에 울림은 없으리라 여겨지기 직전, 나는 견딜 수가 없어서 나도 모르게 이불에서 빠져나옴과 동시에 슥 장지문을 열었다. 순간 나의 무릎에서부터 아래가 비스듬하게 달빛을 받았다. 잠옷 위에도 나무 그림자가 흔들리며 드리워졌다.

장지를 열었을 때 그런 것들은 깨닫지 못했다. 그 목소리는, 하고 귀가 달려가는 쪽을 들여다보니, 건너편에 있었다. 꽃이라면 해당화가 아닐까 여겨지는 줄기를 등에 지고 달빛을 피해서 몽롱한 그림자가 냉담히 서 있었다. 저 사람이구나 하는 의식조차 마음에 분명히 자리 잡기도 전에 검은 것은 꽃그림자를 밟아 흩트리며 오른쪽으로 돌아들었다. 내가 있는 방이 딸린 건물의 모서리가 슥 움직인 키가 큰 여자의 모습을 바로 가로막아버렸다.

여관의 유카타[12] 한 벌로 장지문에 매달린 채 한동안 망연히 있다가 마침내 정신을 차리고 나서 산골의 봄은 제법 춥다는 사실을 깨달았다. 어쨌든 빠져나왔던 이불의 구멍 속으로 다시 귀환하여 생각하기 시작했다. 둥글게 여민 베개 아래서 회중시계를 꺼내 보니 1시 10분을 지났다. 다시 베개 밑에 밀어넣고 생각하기 시작했다. 설마 귀신은 아니리라. 귀신이 아니라면 사람이고, 사람이라면 여자다. 어쩌면 이 집의 딸일지도 모르겠다. 하지만 시집을 갔다가 돌아온 딸이라고 하기에는, 한밤중에 산으로 이어진 정원에 나선다는 것은 어딘가 온당치 않다. 어떻게 해도 좀처럼 잠을 잘 수가 없었다. 베개 밑에 있는 시계까지 째깍째깍 입을 놀렸다. 지금까지 회중시계 소리가 신경에 쓰인 적은 없었는데 오늘밤만은 자, 생각을 해, 자, 생각을 해, 라고 재촉이라도 하듯, 자면 안 돼, 자면 안 돼, 라고 충고라도

---

12) 浴衣. 홑옷으로 여름이나 목욕 후에 입는다.

하듯, 입을 놀렸다. 괘씸한 놈.

무서운 것도 그저 무서운 것 그대로의 모습으로만 보면 시가 된다. 끔찍한 것도 나를 떠나서 그저 단독으로 끔찍한 것이라고만 생각하면 그림이 된다. 실연이 예술의 제재가 되는 것도 온전히 그런 연유에서다. 실연의 괴로움을 잊고 그 다정한 부분이나, 동정이 깃든 부분이나, 근심 어린 부분이나, 한 걸음 더 나아가서 말하자면 실연의 괴로움 그 자체가 넘쳐나는 부분을 단지 객관적으로 눈앞에 떠올려보기 때문에 문학, 미술의 재료가 되는 것이다. 세상에는 있지도 않은 실연을 제조하여 스스로 굳이 번민하며 유쾌함을 탐하는 자가 있다. 일반 사람들은 이를 평하여 어리석다고 말한다, 미치광이라고 말한다. 그러나 스스로 불행의 윤곽을 그려놓고 기꺼이 그 안에서 살아가는 것은, 스스로 오유[13]의 산수를 애써 그려놓고 자신만의 별천지에 환희하는 것과, 그 예술적 입각지를 얻었다는 점에 있어서는 완전히 똑같은 것이라고 말하지 않을 수 없다. 이러한 점에 있어서 세상의 수많은 예술가는 (일반 사람으로서는 어떨지 모르겠지만) 예술가로서는 일반 사람들보다 어리석다, 미치광이이다. 우리는 뚜벅이 여행을 하는 동안에는 아침부터 밤까지 힘들다, 힘들다고 끊임없이 불평을 해대지만, 남들에게 그 여행

---

13) 烏有. '어찌 있겠느냐'라는 뜻으로 실재하지 않는다는 의미.

을 이야기할 때는 불평스러운 모습을 조금도 보이지 않는다. 재미있었던 일, 유쾌했었던 일은 물론, 예전의 불평까지도 만족스럽다는 듯 떠들어대며 자랑스러워한다. 이는 구태여 자신을 기만하거나 남을 속이려는 심산이 아니다. 여행을 하는 동안에는 일반 사람의 심정이고, 그 여행을 이야기할 때는 이미 시인의 태도가 되기에 이런 모순이 일어나는 것이다. 그렇다면 네모난 세계에서 상식이라 불리는 한 모서리를 갈아내어 세모 속에서 사는 것을 예술가라 불러도 좋으리라.

그렇기에 천연이든 인간사든, 일반 대중이 질색하며 다가가기 싫어하는 곳에서 예술가는 무수한 임랑14)을 보고 최상의 보로15)를 알게 된다. 세상에서는 이를 일컬어 미화라고 한다. 그러나 사실은 미화도 아무것도 아니다. 찬란한 채광은 반짝이는 아름다움으로 옛날부터 현상 세계에 실재하고 있었다. 단지 눈에 번뇌의 그림자가 있어서 망상의 꽃이 어지러이 떨어지기에, 속세의 번거로운 인연의 사슬이 단단해 끊기 어렵기에, 영욕과 득실이 절실하게 우리를 압박하기에, 터너16)가 기차를 묘사하기까지는 기차의 아름다움을 이해하지 못한 채, 오쿄17)

14) 琳琅. 아름다운 주옥의 이름으로 아름다운 시문을 비유할 때도 쓰인다.
15) 寶璐. 아름다운 옥.
16) Joseph Mallord William Turner(1775~1851). 영국의 풍경화가. 다양한 풍경을 광선의 변화와 함께 묘사했다. 「비와 증기와 속력」이라는 그림에서 기차를 묘사했다.
17) 応挙(1733~1795). 에도 후기의 화가. 서양의 투시화법을 받아들여 독

가 유령을 그리기까지는 유령의 아름다움을 알지 못한 채 지나친 것이다.

내가 지금 본 그림자도 단지 그 현상 자체로만 본다면 누가 보아도, 누구에게 들려주어도 풍요로운 시적 정취를 띠고 있었다. 외딴 마을의 온천, 봄밤의 꽃그림자, 달 앞에서의 낮은 노래, 몽롱한 밤의 모습. 하나같이 예술가에게는 좋은 제재였다. 이처럼 좋은 제재가 눈앞에 있는데 나는 쓸데없이 자꾸만 캐고 따지며 필요도 없는 탐색을 하고 있었다. 기껏 얻은 우아한 경지에 이론을 앞세워 더는 바랄 수도 없을 만큼의 풍류를 섬뜩함이 짓밟아버리고 말았다. 이래서는 비인정을 표방할 가치도 없다. 조금 더 수행을 하지 않고는 시인이라고도 화가라고도 사람들에게 떠들어댈 자격이 없다. 옛날 이탈리아의 화가인 살바토르 로사[18]는 도둑을 연구해보고 싶다는 일념에서 자신의 위험을 무릅쓰고 산적의 무리 속으로 들어갔었다고 들은 적이 있다. 화첩을 품에 넣고 표연히 집을 나선 이상, 내게도 그 정도의 각오가 없다면 부끄러운 일이다.

이러한 때에 어떻게 해야 시적 입각지로 돌아갈 수 있는가 하면, 자신의 느낌 그 자체를 자신 앞에 놓아두고 그 느낌에서

자적 화풍을 개척했다. 오료의 작품이라 알려진 얇은 옷을 입은 유령의 그림이 있으나 그의 작품이라고 단정할 수 있을 만한 확증은 없다.

18) Salvator Rosa(1615~1673). 가수이자 시인이기도 했다. 격정적 장면의 묘사에 능했다.

한 걸음 물러나 있는 그대로를 차분하게, 타인처럼 그것을 검사할 여지만 만들면 된다. 시인은 자신의 시체를 스스로 해부하여 그 병상을 천하에 발표할 의무를 가지고 있다. 그 방법에는 여러 가지가 있지만 가장 손쉬운 방법은 무엇이든 닥치는 대로 17글자로 정리해보는 것이 가장 좋다. 17글자는 시의 형식 가운데서도 가장 손쉽고 편리하기에 세수를 할 때도, 화장실에 앉았을 때도, 전차를 탔을 때도 간단히 지을 수 있다. 17글자를 간단히 지을 수 있다는 말의 의미는 쉽사리 시인이 될 수 있다는 의미인데, 시인이 된다는 것은 일종의 깨달음이니 손쉽고 편리하다고 해서 모멸할 필요는 없다. 손쉽고 편리한 것일수록 공덕이 크니 오히려 존중해야 한다고 생각한다. 약간 화가 났다고 가정해보자. 화가 난 상황을 17글자로 표현한다. 17글자로 표현할 때, 자신의 화는 이미 타인으로 변해버린다. 화를 내면서, 하이쿠를 지으면서, 한 사람이 그렇게 동시에 다 할 수는 없는 법이다. 살짝 눈물을 흘린다. 이 눈물을 17글자로 표현한다. 표현함과 동시에 기뻐진다. 눈물을 17글자로 정리한 순간 고통의 눈물은 자신에게서 유리되고, '나는 울 수 있는 사내'라는 기쁨만의 자신이 된다.

　이것이 평소 나의 주장이었다. 오늘밤에도 한번 이 주장을 실행해보자며, 잠자리 속에서 예의 사건을 여러 가지 구로 만들어보았다. 완성된 것을 적어놓지 않으면 산만해져서 안 된다며,

공을 들여야 하는 수업이기에 예의 사생첩을 펼쳐 머리맡에
놓았다.

<해당화의 이슬을 흔드는구나, 미치광이>라고 제일 먼저
써놓은 뒤 읽어보니 특별히 재미있지는 않았으나 그렇다고
해서 섬뜩할 것도 없었다. 다음으로 <꽃의 그림자, 여자의 그림
자 몽롱하네>라고 해보았으나, 여기에는 계절[19]이 중복되어
있었다[20]. 하지만 아무래도 상관없는 일이었다. 마음이 가라앉
아 느긋해지기만 하면 될 터였다. 그리고 <신사의 여우, 여자로
둔갑해 어슴푸레한 달>이라고 만들었는데 익살이 담겨 있어
스스로도 우스워졌다.

이대로 하면 되겠다, 신이 나서 떠오르는 대로 하이쿠를
전부 적어보았다.

<봄의 별 떨어져 한밤중의 비녀로구나>

<봄밤의 구름에 적시네 감은 머리>

<봄이여 오늘밤 노래하는 모습>

<해당화의 정령이 나오는 밤이로구나>

<노래 때때로 달 아래 봄을 이리저리 거니네>

<생각을 끊자 깊어가는 봄밤 혼자로구나>

---

19) 하이쿠의 용어로 계절을 표현하는 말을 의미한다.
20) 하나의 하이쿠에 계절을 표현하는 말이 2개 이상 들어가는 것은 피하
    는 것이 좋다 여겨지고 있다. 여기서 '꽃'과 '롱'은 모두 봄을 표현하는
    말이다.

라는 등 해나가는 동안 어느 틈엔가 비몽사몽 잠이 왔다.

황홀하다는 말은 이러한 경우에 써야 할 형용사라고 생각한다. 숙면을 취할 때는 누구도 자신을 인식하지 못한다. 맑게 깨어 있을 때 외계(外界)를 잊는 사람은 아무도 없으리라. 단두 영역 사이에 실낱같은 몽환의 세계가 가로놓여 있다. 깨어 있다고 하기에는 너무나도 몽롱하고, 잠들었다고 평하기에는 생기가 조금 많다. 잠과 생시 2개의 세계를 하나의 병 속에 담아 시가(詩歌)의 화필로 열심히 휘저은 것 같은 상태를 말하는 것이다. 자연의 색을 꿈 직전까지 흐리게 하고, 있는 그대로의 우주를 일단 안개의 나라로 흘러들게 한다. 수마(睡魔)의 요사한 팔을 빌려 모든 실상(實相)의 각도를 매끄럽게 함과 동시에, 이렇게 해서 부드러워진 천지에 내 스스로가 희미하고 둔한 맥을 통하게 한다. 땅을 기는 연기가 피어오르려 하나 피어오르지 못하는 것처럼 나의 혼이 나라는 껍데기에서 벗어나고 싶지만 벗어나는 것은 견딜 수 없는 모양새다. 빠져나오려 하다 망설이고 망설이다 빠져나오려 하고, 결국에는 혼이라는 개체를 매정하게 그냥 둘 수 없어서 자욱이 드리워 잘 보이지 않는 천지의 기운이 흩어지지 않은 채로 온몸에 달라붙어 떨어지지 않고 연연하는 마음이다.

내가 이처럼 비몽사몽간을 소요하고 있을 때 당지를 바른 방문이 슥 열렸다. 열린 곳으로 환영처럼 여자의 그림자가 스윽 나타났다. 나는 놀라지도 않았다. 두렵지도 않았다. 그저 편안한 마음으로 바라보았다. 바라보았다고 하면 표현이 조금 강하다. 내 감고 있는 눈꺼풀 속으로 환영의 여자가 양해도 없이 미끄러져 들어온 것이다. 환영이 슬슬 방 안으로 들어왔다. 선녀가 물결을 건너는 것처럼 다다미 위에서는 사람이 지나는 듯한 소리도 들리지 않았다. 닫힌 눈 안에서 보는 세상이기에 분명히는 알 수 없었으나, 살결이 희고 머리가 짙고 목덜미가 긴 여자였다. 요즘 유행하는, 흐릿하게 찍은 사진을 불에 비춰보는 듯한 기분이 들었다.

환영은 벽장 앞에서 멈추었다. 벽장이 열렸다. 하얀 팔이 소매에서 미끄러져 나와 어둠 속으로 희미하게 보였다. 벽장이 다시 닫혔다. 다다미의 물결이 스스로 환영을 원래의 자리로 건너가게 했다. 방문의 당지가 저절로 닫혔다. 나의 잠은 점차 짙어졌다. 사람이 죽어 아직 소로도 말로도 환생하지 못한 도중이 아마도 이러리라.

언제까지 사람과 말 사이에서 잠을 잤는지 나는 모른다. 귓가에서 킥킥 여자의 웃음소리가 들린다 싶었기에 잠에서 깼다. 둘러보니 밤의 장막은 이미 잘려 떨어졌고 천하는 구석에서 구석까지 밝았다. 화창한 봄날의 해가 둥근 창의 대나무 창살을 검게 물들인 것을 보니 세상에 신비라는 것이 숨을 여지는 없을 듯했다. 신비는 십만억토21)로 돌아가 삼도천22)

너머로 건너간 것이리라.

홑옷을 입은 채 목욕탕으로 내려가 5분쯤 멍하니 욕조 안에서 얼굴만 내밀고 있었다. 씻을 마음도 나갈 마음도 들지 않았다. 무엇보다 어젯밤에는 어째서 그런 마음이 들었던 것일까? 낮과 밤을 경계로 천지가 이처럼 뒤바뀌는 것은 묘한 일이었다.

몸을 닦기조차 귀찮아 대충 하고 젖은 채 일어나 목욕탕 문을 안에서 열었다가, 또 놀랐다.

"안녕하세요. 어젯밤에는 편히 주무셨나요?"

문을 연 것과 거의 동시에 이 말이 들려왔다. 사람이 있으리라 고는 생각지도 못했는데 마주치자마자 해온 인사였기에 얼핏 대답이 나오기도 전에,

"자, 입으세요."

하며 내 뒤로 돌아가서 등에 살포시 부드러운 옷을 걸쳐주었다. 간신히 "이거 고마워요……"라고만 말하고 돌아선 순간 여자는 두어 걸음 물러났다.

옛날부터 소설가는 주인공의 용모를 반드시 극력 묘사하는 것을 당연히 여겨왔다. 동서고금의 언어로 가인의 품평에 사용 된 말을 열거하면 대장경과 그 양을 다툴지도 모르겠다. 그 신물이 날 정도로 많은 형용사 중에서 나와 세 걸음 떨어진

---

21) 이 세상과 정토 사이에 있는 불토의 총 숫자. 전하여 극락정토.
22) 사람이 죽어서 저승으로 가는 도중에 건너는 큰 내.

곳에 서서 몸을 비스듬히 꼰 채 곁눈질로 나의 경악과 당황스러움을 고소하다는 듯 바라보고 있는 여자를 가장 적당히 서술할 용어를 찾아온다면 어느 정도의 숫자가 될지 알 수 없으리라. 그러나 태어나서 30여 년이 지난 오늘날에 이르기까지 그런 표정은 한 번도 본 적이 없었다. 미술가의 평에 의하면 그리스 조각의 이상은 단숙(端肅)이라는 두 글자로 귀결된다고 한다. 단숙이란 인간의 활력이 움직이기 직전의, 아직 움직이지 않은 모습이라고 생각한다. 움직이면 어떻게 변화할지, 풍운일지 천둥일지 분간할 수 없다는 데 여운이 어렴풋이 존재하기에 함축의 정취를 백세 후에 전할 수 있는 것이리라. 세상의 수많은 존엄과 위의는 이 고요한 가능성의 힘 이면에 숨어 있다. 움직이면 나타난다. 움직이면 1인지 2인지 3인지 반드시 결론이 난다. 1도 2도 3도 틀림없이 특수한 능력임에는 틀림없을 테지만, 이미 1이 되고 2가 되고 3이 되어버리고 나면 흙탕물을 뒤집어쓴 것 같은 모습을 유감없이 드러내어 원래의 원만한 모습으로는 돌아갈 수 없게 된다. 그렇기에 동(動)이라고 이름 붙은 것은 반드시 비천하다. 운케이[23]의 인왕상도 호쿠사이[24]의 만가(漫畵)도 바로 이 동이라는 한 글자 때문에 실패를 했다. 동이냐

---

23) 運慶(? ~?). 가마쿠라 시대의 대표적인 조각가. 나라(奈良)의 도다이지(東大寺)와 고후쿠지(興福寺)의 부흥에 임해 불상을 만들었다.
24) 北斎(1760~1849). 에도 시대의 화공. 일본화는 물론 양화도 배워 독자적인 화풍을 확립했다.

정이냐. 이것은 우리 화공들의 운명을 지배하는 커다란 문제이다. 예로부터 내려온 미인에 대한 형용도 대부분은 이 두 가지 범주의 어딘가에 넣을 수 있을 것이다.

그런데 이 여자의 표정을 본 나는 어느 쪽이라고도 판단하기 어려웠다. 입은 한일자로 꾹 다문 채 조용했다. 눈은 한 치의 빈틈이라도 찾아내겠다는 듯 움직였다. 얼굴은 아랫볼이 통통한 계란형으로 넉넉하고 차분함을 보이고 있는 데 반해서 이마는 좁고 답답하고 곰상스러워서, 이른바 뾰족 이마의 속취(俗臭)를 띠고 있었다. 뿐만 아니라 눈썹은 양 쪽에서부터 달려들어 중간에 박하기름을 몇 방울 떨어뜨린 것처럼 꿈틀꿈틀 안달이 났다. 코만은 경박하게 날카롭지도 않고 둔하게 둥글지도 않았다. 그림으로 그리면 아름다우리라. 이처럼 하나 같이 특색이 있는 각각의 도구들이 우르르 한꺼번에 어지러이 내 두 눈으로 날아들었으니 당황하는 것도 당연한 일이었다.

원래는 고요해야 할 대지의 일각에 결함이 생겨서 뜻밖에도 전체가 움직였으나 움직이는 것은 본래의 성질을 등지는 것이라는 사실을 깨닫고 애써 예전의 모습으로 되돌아가려 했지만 평형을 잃어버린 기세에 제압당해 마음에도 없이 계속 움직여온 오늘에 이르러서는 악에 받쳐서 억지로라도 움직여 보이겠다고 말하는 것 같은 모습이, 그런 모습이 만약에 있다면 바로 이 여자를 형용할 수 있을 것이다.

그렇기에 경멸 속에 어딘가 타인에게 의지하려는 듯한 기색이 보였다. 사람을 얕잡아보는 듯한 모습의 밑바닥에서 매우 조심스러워하는 분별력이 희미하게 보였다. 재능에 의지하여 마음만 먹는다면 100명의 남자도 대수롭지 않게 여길 만한 기세 아래에서부터 온화한 정이 자신도 모르게 솟아오르고 있었다. 아무리 봐도 표정에 일치하는 면이 없었다. 깨달음과 미혹이 한 집 안에서 다툼을 하면서도 동거하고 있는 듯한 모양새였다. 이 여자의 얼굴에서 통일을 느끼지 못한 것은 마음에 통일이 없다는 증거이고, 마음에 통일이 없다는 것은 이 여자의 세계에 통일이 없기 때문이리라. 불행에 짓눌리면서도 그 불행을 극복하려 하고 있는 얼굴이었다. 행복하지 않은 여자임에 틀림없었다.

　　"고맙습니다."라고 거듭 말하며 살짝 눈인사를 했다.

　　"호호호호, 방은 청소를 해두었어요. 가서 보세요. 그럼 다음에 또."

라고 말하자마자 휙 허리를 틀어 복도를 가벼운 몸짓으로 달려갔다. 머리는 은행잎 모양으로 틀어 묶었다. 하얀 목깃이 틀어 묶은 머리 아래쪽으로 보였다. 허리띠는 한쪽 면만 검은 공단을 댄 것이리라.

4

멍하니 방으로 돌아와 보니, 과연 깔끔하게 청소를 해놓았다. 살짝 마음에 걸렸기에 혹시나 싶어 벽장을 열어보았다. 아래편에 생활용품을 넣어두는 조그만 농이 있었다. 위쪽에서부터 화려한 무늬의 허리띠가 절반쯤 흘러내린 것은 누군가 옷이라도 꺼내 서둘러 나간 것이라고 해석할 수도 있으리라. 허리띠 윗부분은 아름다운 의상 사이에 가려서 그 끝이 보이지 않았다. 한쪽 편은 약간의 책으로 채워져 있었다. 제일 위에 하쿠인[1] 화상의 오라테가마[2]와 이세 이야기[3] 1권이 나란히 놓여 있었다. 어젯밤 비몽사몽간에 본 일은 사실일지도 몰랐다.

별 생각도 없이 방석 위에 앉았는데 당목으로 만든 책상 위에 예의 사생첩이 연필이 끼워진 채 소중하게 펼쳐져 있었다.

---

1) 白隱(1686~1769). 임제종 중흥에 힘쓴 에도 중기의 선승.
2) 遠良天釜. 하쿠인의 편지로 이루어진 법화집.
3) 伊勢物語. 헤이안 시대(794~1185) 초기에 성립된, 일본 고유의 시와 관련된 설화 가운데 하나.

꿈결에 흘려쓴 구를 아침에 보면 어떻게 보일까 집어들었다.

<해당화의 이슬을 흔드는구나, 미치광이>라고 쓴 아래에 누군가가 <해당화의 이슬을 흔드는구나, 아침 까마귀>라고 적어놓은 것이 있었다. 연필이기에 서체를 분명히 알 수는 없었으나 여자치고는 너무 딱딱하고 남자치고는 너무 부드러웠다. 뭐지, 하며 또 놀랐다. 다음을 보니 <꽃의 그림자, 여자의 그림자 몽롱하네> 아래에 <꽃의 그림자, 여자의 그림자를 포개네>라고 덧붙여놓았다. <신사의 여우 여자로 둔갑해 어슴푸레한 달> 아래에는 <귀공자 여자로 둔갑해 어슴푸레한 달>이라고 적혀 있었다. 흉내를 낼 생각이었던 건지, 첨삭을 가할 마음이었던 건지, 풍류를 나누자는 건지, 바보인지, 바보 취급을 당한 건지, 나는 고개를 갸웃거렸다.

다음에 또, 라고 말했으니 곧 밥을 먹을 때에라도 나타날지 몰랐다. 나타난다면 상황을 조금은 짐작할 수 있으리라. 그런데 몇 시일까 싶어 시계를 보니 벌써 11시가 지났다. 잘도 잤구나. 그렇다면 점심으로만 때우는 편이 위를 위해서 좋으리라.

오른쪽의 장지문을 열어 어젯밤의 흔적은 어디쯤이었을까 바라보았다. 해당화라고 감정했던 것은 역시 해당화였으나 정원은 생각했던 것보다 좁았다. 대여섯 개의 징검돌을 파란 이끼가 가득 덮고 있어서 맨발로 밟으면 기분이 좋을 듯했다. 왼쪽은 산으로 이어진 벼랑의 바위 사이에서 적송이 비스듬히 정원 위로 드리워져 있었다. 해당화 뒤에는 조그만 수풀이 있고 그 안쪽으로 커다란 대숲이 10길쯤의 푸르름을 봄 햇살에 드러내고 있었다. 오른쪽은 건물의 용마루에 가려 보이지 않았지만 지세로 가늠해보건대 완만한 경사를 이루며 목욕탕 쪽으로 내려가고 있을 터였다.

산이 다하면 언덕이 되고 언덕이 다하면 폭 3정쯤의 평지가 되고 그 평지가 다하면 바다 속으로 잠겨들었다가 170리 맞은편으로 가서 다시 불쑥 솟아올라 둘레 60리쯤의 마야지마(摩耶島) 섬이 된다. 이것이 나코이의 지세였다. 온천장은 언덕의 기슭을 가능한 한 벼랑 쪽으로 다가가서 옆의 풍경을 절반쯤 정원에 품은 집이었기에 전면은 2층이어도 뒤쪽은 단층집이었다. 툇마루에서 다리를 늘어뜨리면 뒤꿈치에 바로 이끼가 닿았다. 그러니 어젯밤에 계단을 마구 오르기도 하고 내려가기도 하고, 이상한 구조를 가진 집이라고 생각한 것도 당연한 일이었다.

이번에는 왼쪽에 있는 창을 열었다. 자연적으로 파인 2첩쯤의 바위 안에 봄의 물이 언제부턴가 고여서 조용히 산벚나무의 그림자를 담그고 있었다. 두어 그루의 얼룩조릿대가 바위 모서리를 물들이고 있고 그 너머에 구기자나무로 보이는 산울타리가 있었으며 그 바깥은 해변에서 언덕으로 오르는 험한 길인지 때때로 사람의 목소리가 들려왔다. 길 건너편은 완만하게 남쪽으로 내려가는 경사지에 귤나무를 심었고, 계곡이 끝나는 곳에서 다시 커다란 대숲이 하얗게 빛나고 있었다. 대나무 잎을 멀리서 보면 하얗게 빛난다는 사실을 이때 처음으로 알았다. 숲 위는 소나무가 많은 산이었는데, 빨간 줄기 사이로 돌계단이 대여섯 단 손에 잡힐 듯이 보였다. 아마도 절이리라.

방의 미닫이문을 열고 툇마루로 나가보니 난간이 사각으로 굽었고 방향으로 말하자면 바다가 보여야 할 곳에 안뜰을 사이에 두고 길가에 면한 2층 방이 있었다. 내가 묵고 있는 방도 난간에 기대면 역시 마찬가지 높이의 2층이라는 데에는 흥이 돋았다. 욕조는 땅 아래에 있으니 탕에 들어가서 보자면 나는 3층의 누상에서 묵고 있는 셈이었다.

집은 꽤 넓었으나 맞은편 2층의 방 하나와, 내 방의 난간을 따라서 오른쪽으로 꺾어진 곳에 있는 방 하나 외에, 거실이나 부엌은 모르겠으나 객실이라고 이름이 붙을 만한 곳은 대부분 문이 꼭 닫혀 있었다. 손님은 나를 제외하면 거의 아무도 없는 것이리라. 문을 닫은 방은 낮에도 덧문을 열지 않으며, 열어둔 이상은 밤에도 닫지 않는 듯했다. 이래서는 대문조차 닫는지 마는지 알 수가 없었다. 비인정의 여행에는 안성맞춤인 든든한 곳이었다.

시계는 12시 가까이 되었으나 밥을 내줄 기미는 조금도 보이지 않았다. 마침내 배가 고프기 시작했으나 '공산불견인'이라는 사4) 속에 있다고 생각하니 한 끼 정도는 검약해도 유감은 없었다.

그림을 그리기도 귀찮았다. 하이쿠는 짓지 않아도 이미 하이쿠 삼매경에 들어왔으니 짓는 만큼 풍류를 모르는 셈이었다. 읽으려고 삼각의자에 묶어 가져온 두어 권의 책도 풀 마음이 들지 않았다. 이렇게 따사로운 봄 햇살을 등에 쬐며 툇마루에서 꽃의 그림자와 함께 나뒹구는 것이 천하의 가장 큰 즐거움이다. 생각하면 사도에 빠진다. 움직이면 위험하다. 할 수만 있다면 코로 숨도 쉬고 싶지 않았다. 방바닥에 뿌리를 내린 식물처럼 가만히 2주쯤 살아보고 싶었다.

마침내 복도에서 발소리가 들리더니 계단 아래서 누군가가 올라왔다. 다가오는 소리를 들어보니 두 사람인 듯했다. 그것이 방 앞에서 멈췄는가 싶었는데 한 사람은 아무런 말도 하지 않고 원래 왔던 쪽으로 발길을 돌렸다. 장지문이 열리기에 오늘 아침에 본 사람일까 싶었으나 역시 어젯밤의 어린 하녀였다. 왠지 좀 아쉬웠다.

"늦었습니다."라며 밥상을 내려놓았다. 아침밥에 대한 변명도 아무런 말도 하지 않았다. 구운 생선에 푸성귀를 곁들였으며 주발의 뚜껑을 열었더니 고사리 속에 홍백으로 물들인 새우가 잠겨 있었다. '아아, 좋은 색이다.'라는 생각이 들어 주발 속을 바라보고 있었다.

---

4) 空山不見人. '빈산에 사람 보이지 않네'라는 뜻으로 당나라의 시인인 왕유의 시를 말한다.

"안 좋아하세요?"라고 하녀가 물었다.

"아니, 이제 먹어야지."하고 말했으나 실제로 먹기에는 아깝다는 생각이 들었다. 터너가 한 만찬의 자리에서 접시에 담긴 샐러드를 바라보며 "시원한 색이다. 이게 내가 쓰는 색이다."라고 옆 사람에게 말했다는 일화를 어떤 책에서 읽은 적이 있었는데, 이 새우와 고사리의 색을 터너에게 좀 보여주고 싶었다. 대체로 서양의 음식 가운데 색이 예쁜 것은 하나도 없다. 있다면 샐러드와 홍당무 정도가 있을 뿐이다. 자양이라는 점에서 말하자면 어떨지 모르겠지만 화가의 입장에서 보자면 굉장히 발달하지 못한 요리다. 그에 비해서 일본의 요리는 국이든 다과든 생선회든 예쁘게 만들 수 있다. 가이세키[5] 요리를 앞에 놓고 젓가락 한 번 대지 않은 채 바라보고만 있다가 돌아와도 눈의 보양이라는 점에서 말하자면 요리점에 들렀던 보람은 충분하다.

"이 집에 젊은 여자가 있지?"라고 주발을 내려놓으며 물어보았다.

"네."

"그건 누구지?"

"작은마님이세요."

---

5) 会席. 원래는 시가모임의 자리에 나오던 음식이었으나, 지금은 음식을 한 가지씩 접시에 담아 내주는 고급요리를 말한다.

"그 외에도 큰마님이 또 계신가?"

"작년에 돌아가셨어요."

"바깥어르신은?"

"계세요. 어르신의 따님이세요."

"그 젊은 사람이?"

"네."

"손님은 계신가?"

"안 계세요."

"나 혼자야?"

"네."

"작은마님은 매일 무엇을 하시지?"

"바느질을……."

"그리고?"

"샤미센6)을 뜯으세요."

이건 뜻밖이었다. 재미있기에 다시,

"그리고?"라고 물어보았다.

"절에 가세요."라고 어린 하녀가 말했다.

이것도 또 뜻밖이었다. 절과 샤미센이라니 묘했다.

"절에 불공을 드리러 가시는 건가?"

---

6) 三味線. 일본 전통의 현악기. 평평한 사각형 나무통 양면에 고양이나 개
의 가죽을 바르고 몸통을 관통하여 뻗은 막대에 현을 3줄 건 것.

"아니요, 스님을 뵈러 가세요."

"스님이 샤미센이라도 배우시는가?"

"아니요."

"그럼 무엇을 하러 가시는 거지?"

"다이테쓰 님을 뵈러 가세요."

그렇게 된 거였군. 다이테쓰라는 사람은 그 액자를 쓴 사람임에 틀림없었다. 그 구로 미루어 짐작컨대 아무래도 선승인 듯했다. 벽장에 있는 오라테가마는 바로 그 여자의 소유이리라.

"이 방은 평소에 누군가가 쓰던 방인가?"

"평소에는 마님이 쓰세요."

"그럼 어젯밤에 내가 오기 전까지 여기에 계셨었겠군."

"네."

"이거 딱한 짓을 했군. 그런데 다이테쓰 씨에게는 무엇을 하러 가시는 거지?"

"몰라요."

"그리고?"

"뭐가요?"

"그리고 그 외에 또 무엇인가를 하시겠지."

"그리고 여러 가지……."

"여러 가지라니, 어떤 것을?"

"몰라요."

대화는 여기서 끊겼다. 식사도 마침내 마쳤다. 상을 내갈 때 어린 하녀가 방의 장지문을 열자 안뜰의 나무를 사이에 두고 맞은편 2층의 난간에 은행잎 모양으로 틀어올린 머리가 턱을 괸 채 개화한 양류관음[7]처럼 아래를 내려다보고 있었다. 오늘 아침과는 달리 매우 조용한 모습이었다. 고개를 숙인 채 눈동자의 움직임이 이쪽으로는 향하지 않았기에 얼굴 표정에 그 정도의 변화를 가져다준 것일까? 옛날 사람이, 사람에게 존재하는 것 가운데 눈동자만큼 좋은 것도 없다[8]고 말했다고 하던데, 과연 사람이 어찌 감출 수 있겠는가, 사람 가운데 눈동자 만큼 살아 있는 도구도 없다. 적막하게 기대고 있는 아(亞)자 모양 난간 아래서 나비 2마리가 서로 다가갔다 멀어지며 날아올랐다. 순간 내 방의 장지문이 열린 것이었다. 장지문 소리에 여자는 홀연 나비에게서 눈을 내 쪽으로 돌렸다. 시선은 독화살처럼 허공을 꿰뚫고 와서 아무런 말도 없이 나의 미간에 떨어졌다. 퍼뜩 놀라는 사이에 어린 하녀가 다시 탁하고 장지문을 닫아버렸다. 이후부터는 한가롭기 짝이 없는 봄이 되었다.

나는 다시 벌렁 누웠다. 곧 마음에 떠오른 것은,

Sadder than is the moon's lost light,

---

7) 楊柳觀音. 33관음 가운데 하나. 버들가지를 손에 들고 사람들의 소원을 전부 들어준다고 한다.
8) 『맹자』 「이루(離婁) 상편」에 나오는 말이다.

Lost ere the kindling of dawn,

To travellers journeying on,

The shutting of thy fair face from my sight[9].

라는 구절이었다. 만약 내가 그 은행잎 머리를 마음에 두어 몸이 으스러지는 한이 있어도 만나야겠다고 생각한 순간, 지금과 같은 일별의 헤어짐이 있어, 그것을 혼비백산할 정도로 기쁘면서도 안타깝게 느낀 것이라면, 나는 반드시 그런 마음을 이런 시로 지었으리라. 거기에,

Might I look on thee in death,

With bliss I would yield my breath[10].

라는 2구절까지 덧붙였을지도 모른다. 다행히 흔히 넘쳐나고 있는 연정이나 사랑의 경지는 이미 초월했기에 그런 괴로움은 느끼고 싶어도 느낄 수가 없었다. 그러나 지금 이 순간에 일어난 일의 시적 정취는 이 대여섯 행 속에 충분히 드러나 있었다. 나와 은행잎 머리 사이에 이런 애절한 마음은 없다 할지라도 두 사람의 지금 관계를 이 시 속에 적용해보는 것은 재미있는 일이리라. 혹은 이 시의 의미를 우리 몸 위로 가져와 해석해보는

---

9) 영국의 작가인 메러디스(Gerage Meredith, 1828~1909)의 소설 속에 나오는 시. '달빛을 잃는 것보다 더 슬픈 일은, 새벽빛이 사라지기 전, 방랑하는 여행자인, 내 눈에서 네 아름다운 얼굴이 사라지는 것.'이라는 내용.

10) '죽어서 당신을 볼 수 있다면, 나는 기꺼이 숨을 끊으리라.'라는 내용.

것도 유쾌하리라. 이 시에 드러나 있는 상황의 일부분이 현실로 나타나 어떤 숙명의 가느다란 실로 두 사람 사이에 묶여 있다. 숙명도 이 정도로 실이 가늘면 고통이 되지는 않는다. 게다가 그냥 실이 아니다. 하늘을 가로지르는 무지개 같은 실, 들판에 길게 드리운 안개 같은 실, 이슬로 반짝이는 거미줄 같은 실. 끊으려면 언제든지 끊을 수 있지만, 바라보는 동안에는 매우 아름답다. 만약 이 실이 삽시간에 두꺼워져 두레박줄처럼 단단해진다면? 그럴 위험은 없었다. 나는 화공이었다. 상대는 평범한 여자가 아니었다.

장지문이 갑자기 열렸다. 몸을 뒤척여 방문을 보니 숙명의 상대인 그 은행잎 머리가 청자 사발을 얹은 쟁반을 들고 문턱 위에 서 있었다.

"또 누워 계신 건가요? 어젯밤에는 성가시셨죠? 몇 번이고 폐를 끼쳐서, 호호호호."하고 웃었다. 주눅이 든 듯한 기색도, 숨기려는 듯한 기색도 없었으며 부끄러워하는 듯한 기색은 물론 없었다. 단지 내가 기선을 제압당했을 뿐이었다.

"오늘 아침에는 고마웠어요."라고 다시 감사의 말을 건넸다. 생각해보니 단젠[11]을 걸쳐준 것에 대한 예를 이것으로 세 번 표했다. 그것도 세 번 모두 그저 고맙다는 세 글자였다.

---

11) 丹前. 솜을 두껍게 넣어 실내에서 방한용이나 잠옷으로 입는 옷.

여자는 내가 몸을 뒤척여 일어서려 하는 머리맡에 얼른 앉아서,

"그냥 누워 계세요. 누워 계셔도 이야기는 나눌 수 있잖아요"라며 자못 소탈하게 말했다. 나는 그도 맞는 말이다 싶어 우선 배를 깔고 엎드린 뒤 두 손으로 턱을 괴어 잠시 다다미 위에 팔꿈치로 기둥을 세웠다.

"무료하실 것 같아 차를 끓여왔어요"

"고마워요" 또 고마워요가 나왔다. 과자 접시 안을 들여다보니 근사한 양갱이 늘어서 있었다. 나는 모든 과자 중에서도 양갱을 가장 좋아한다. 특별히 먹고 싶은 것은 아니나 그 촉감이 매끄럽고 치밀하고, 거기에 반투명하게 광선을 받아들이는 모습은 아무리 봐도 하나의 미술품이다. 특히 푸른빛을 띠게 반죽하여 마무른 모습은 옥과 곱돌의 잡종 같아서 보고 있으면 기분이 아주 좋아진다. 뿐만 아니라 청자 접시에 담긴 파란 양갱은 청자 속에서 지금 막 태어난 듯 반질반질해서 나도 모르게 손을 내밀어 문질러보고 싶어진다. 서양의 과자 가운데 이처럼 쾌감을 주는 것은 하나도 없다. 크림의 색은 약간 부드럽지만 조금 답답하다. 젤리는 언뜻 보석처럼 보이지만 부들부들 떨어서 양갱만큼의 무게감이 없다. 심지어 백설탕과 우유로 5층탑을 만든다는 건 말도 안 되는 짓이다.

"흠, 꽤나 근사하군."

"겐베에가 지금 막 사가지고 왔어요. 이거라면 당신도 드시겠지요?"

겐베에는 어젯밤에 성 아랫마을에서 묵은 모양이었다. 나는 이렇다 할 대답도 하지 않고 양갱을 바라보았다. 어디서 누가 사왔든 상관없는 일이었다. 그저 아름답기만 하면, 아름답다고 생각하기만 하면 충분히 만족스러웠다.

"이 청자는 모양이 아주 좋네요. 색도 훌륭하고, 양갱에 비해서도 거의 손색이 없어요."

여자는 흐흥 하고 웃었다. 입가에서 모멸의 파도가 희미하게 흔들렸다. 내 말을 농으로 해석한 것이리라. 허긴, 농으로 한 말이라면 경멸당할 만한 가치는 틀림없이 있었다. 지혜가 부족한 사내가 억지로 농을 칠 때면 흔히 이런 식으로 말을 하는 법이니.

"이건 중국인가요?"

"뭐가요?"라며 상대는 청자를 안중에 전혀 두고 있지 않았다.

"아무래도 중국 같은데요."라며 접시를 들어 바닥을 들여다보았다.

"그런 걸 좋아하신다면, 보여드릴까요?"

"네, 보여주세요."

"아버지께서 골동품을 좋아하셔서 꽤 여러 물건이 있어요. 아버지께 말씀드려서 언젠가 차라도 올리도록 할게요."

차라는 말을 듣고 살짝 넌덜머리가 났다. 세상에서 다인(茶人) 만큼 거드름을 피우는 풍류인도 없다. 널따란 시의 세계에 애서 갑갑하게 울타리를 치고, 극히 자존적으로, 극히 의식적으로, 극히 좀스럽게 필요도 없이 황송해하며 굽실거리고, 거품을 물고 만족스러워하는 것이 이른바 다인이다. 그런 번거로운 규칙 속에 우아한 맛이 있는 것이라면, 아자부의 연대12) 속에서는 우아한 맛이 코를 찌를 것이다. 우향우, 앞으로 가의 무리들은 하나같이 훌륭한 다인이 아니면 안 된다. 그것은 상인이네 장색이네, 취미에 대한 교육을 전혀 받지 못한 무리들이 어떻게 하는 것이 풍류인지 짐작조차 할 수 없어서 기계적으로 리큐13) 이후의 규칙을 그대로 받아들여, 이렇게 하는 것이 아마도 풍류 겠지 하며 오히려 참된 풍류인을 깔보기 위한 재주인 것이다.

"차라면, 그 격식을 차린 차인가요?"

"아니요, 격식이고 뭐고 없어요. 싫으시다면 드시지 않으셔도 되는 차예요."

"그럼 보는 김에 마셔도 상관없습니다."

"호호호호. 아버지는 물건을 사람들에게 보여주는 걸 아주 좋아하셔서……."

---

12) 당시 도쿄 아자부(麻布)에 있던 일본 육군 제1사단 제3연대를 말한다.
13) 利休(1521~1591). 일본 전국시대의 다인. 센케류(千家流) 다도의 창
    시자로 오다 노부나가(織田信長), 도요토미 히데요시(豊臣秀吉)를 섬겼
    으나 훗날 히데요시의 노여움을 사 자결했다.

"칭찬을 하지 않으면 안 되나요?"

"나이 드신 양반이라 칭찬을 해드리면 기뻐하세요."

"오호, 조금이라면 칭찬을 해두지요."

"조금 더 봐줘서, 많이 칭찬해주세요."

"하하하하. 그런데 당신의 말투는 시골이 아니네요."

"사람은 시골사람인가요?"

"사람은 시골사람이 좋지요."

"그럼 저도 어깨를 펼 수 있겠네요."

"그래도 도쿄(東京)에 계셨던 적이 있으시죠?"

"네, 있었어요. 교토에도 있었어요. 떠돌이였기에 여기저기에 있었어요."

"여기하고 도시, 어디가 좋으신가요?"

"똑같아요."

"이런 조용한 곳이 오히려 마음 편하지 않나요?"

"마음이 편하든 불편하든, 세상은 마음가짐 하나에 따라서 어떻게든 되는 법이에요. 벼룩의 나라가 싫어졌다고 해서 모기의 나라로 옮겨가서는 아무것도 되지 않아요."

"벼룩도 모기도 없는 나라로 가면 되잖아요."

"그런 나라가 있다면 어디 한번 보여주세요. 어서 보여주세요."라고 여자가 다그쳤다.

"원하신다면 보여드리죠."라며 예의 사생첩을 집어 여자가 말에 올라 산벚나무를 보고 있는 심경, 물론 즉흥적으로 놀린 붓이기에 그림은 되지 않았다. 그저 심경만을 슥슥 그린 다음,

"자, 이 안으로 들어가세요. 벼룩도 모기도 없어요."라며 코앞으로 들이밀었다. 놀라려나, 수줍어하려나, 이런 상태라면 설마 괴로워하지는 않으리라 싶어 잠깐 안색을 살피자니,

"어머, 갑갑한 세계네요. 좌우 폭뿐이잖아요. 그런 곳을 좋아하시나요? 마치 게 같네요."라고 받아쳤다. 나는,

"와하하하하."하고 웃었다. 처마 끝 가까이, 막 울기 시작했던 휘파람새가 도중에 소리를 흩뜨리더니 멀리로 가지를 옮겨 앉았다. 두 사람은 일부러 대화를 끊고 잠시 귀를 기울였으나 일단 울음을 잃은 목구멍은 쉽게 열리지 않았다.

"어제 산에서 겐베에를 만나셨죠?"

"네."

"나가라 규수의 오륜탑을 보고 오셨나요?"

"네."

"가을 물들면, 억새꽃 위에 놓이는 이슬처럼, 꺼질 듯한, 나의 애달픈 생각."이라고 여자는 대뜸 가락도 붙이지 않고 가사만 술술 읊었다. 무슨 생각인지 알 수가 없었다.

"그 노래는 말이죠, 찻집에서 들었어요."

"할멈이 가르쳐주었나요? 그 할멈은 원래 저희 집에서 일하던 사람이었는데 제가 아직 시집……"이라고 말하다 아차 싶었

는지 나의 얼굴을 보기에, 나는 모르는 척했다.

"제가 아직 젊었을 때였는데, 그 할멈이 올 때마다 나가라의 이야기를 들려주었어요. 노래만은 좀처럼 외우지 못하더니 몇 번이고 듣는 사이에 결국은 전부를 암송해버리고 말았어요."

"어쩐지 어려운 것을 잘도 안다 싶었어. 그런데 그 노래는 슬픈 노래예요."

"슬픈가요? 저라면 그런 노래는 읊지 않았을 거예요. 무엇보다 깊은 강에 몸을 던지다니 재미없잖아요."

"듣고 보니 재미없네요. 당신이라면 어떻게 하실 건가요?"

"어떻게 하다니요, 간단하잖아요. 사사다오토코도 사사베오토코도 첩으로 두면 그만이에요."

"두 사람 모두요?"

"네."

"굉장하네요."

"굉장할 것도 없어요, 당연한 거예요."

"그렇군요. 그렇게 하면 모기의 나라에도 벼룩의 나라에도 뛰어들지 않아도 되겠어."

"게 같은 경우는 당하지 않아도 살아갈 수 있을 거예요."

호오, 호쿄쿄오 하고 잊었던 휘파람새가 어느 틈에 기운을 회복했는지 때 아닌 높은 소리를 갑자기 냈다. 한번 회복하면 그 다음부터는 저절로 나오는 모양이었다. 몸을 거꾸로 하고

부풀어오른 목청 깊은 곳을 떨며 조그만 입이 찢어져라,
호오, 호쿄쿄오. 호오오, 호록쿄오, 연달아 재잘댔다.
"저게 진짜 노래예요."라고 여자가 내게 가르쳐주었다.

5

"실례합니다만, 손님은 역시 도쿄십니까?"

"도쿄로 보이나?"

"보이냐니, 그야 척하면, 무엇보다 말투로 알 수 있습죠."

"도쿄의 어디인지 알겠는가?"

"글쎄요. 도쿄는 엄청나게 넓어서. 아무래도 상공업지는 아닌 듯하고, 주택가 같군. 주택가라면 고지마치(麴町)쯤이려나? 네? 그럼, 고이시카와(小石川)? 아니면 우시고메(牛込)나 요쓰야(四谷)겠죠."

"대충 그 부근이겠지. 잘도 아는군."

"이래 봬도 저 역시 도쿄 사람이니까요."

"어쩐지 세련됐다 싶었어."

"에헤헤헤헤헤. 천만의 말씀, 정말 사람도 이쯤 되면 비참해집니다."

"어쩌다 또 이런 시골까지 흘러들어왔지?"

"그래, 맞아, 손님 말씀대로입니다. 그야말로 흘러들어왔으니까요. 밥줄이 완전히 끊어져버리고 말아서……."

"원래부터 이발점의 주인장이었소?"

"주인은 아닙니다, 직원이었지. 네? 장소요? 장소는 간다 마쓰나가초(神田松永町)였습죠. 뭘요, 손바닥만 한 작고 지저분한 거리였습죠. 손님 같은 분은 모르시는 게 당연합니다. 거기에 류칸바시(竜閑橋)라는 다리가 있잖습니까? 네? 그것도 모르시나요? 류칸바시는 유명한 다리인데."

"이봐, 비누를 좀 더 묻혀줄 수 없겠어? 아파서 안 되겠어."

"아프신가요? 전 결벽증이 있어서 아무래도 이렇게 결 반대로 해서 한 올 한 올 수염 구멍을 파지 않으면 속이 후련하지가 않습죠. —아니, 요즘 이발사들은 깎는 게 아닙니다, 문지르는 거지. 조금만 더 참으세요."

"참는 건 아까부터 많이 참았어. 제발 부탁이니 더운 물이나 비누를 좀 더 묻혀줘."

"못 참으시겠어요? 그렇게 아프지는 않을 텐데. 워낙 수염이 너무 많이 자랐어요."

뺨의 살을 한껏 집어올렸던 손을 아쉽다는 듯 놓은 주인은 선반 위에서 얄팍하니 빨간 알비누를 내려 물 안에 잠깐 담그는가 싶더니 그대로 내 얼굴을 구석구석 일단 문질러댔다. 알비누를 얼굴에 대고 칠해본 적은 거의 없었다. 게다가 그것을 적신

물은, 며칠 전에 떠다놓은 물일까 싶자 그리 놀라울 것도 없었다.

어쨌든 이발점인 이상 손님의 권리로 나는 거울을 마주하지 않으면 안 되었다. 그러나 나는 아까부터 그 권리를 포기하고 싶어졌다. 거울이라는 도구는 평평하게 생겨서 반반하게 사람의 얼굴을 비춰주지 않으면 제할 도리를 다하지 못하는 것이다. 만약 이러한 성질을 갖추지 못한 거울을 걸어놓고 그걸 마주보라고 강요한다면, 강요하는 자는 서툰 사진사처럼 마주보는 자의 얼굴을 고의로 훼손한 것이라고 말하지 않을 수 없다. 허영심을 꺾는 것이 수양에 있어서는 일종의 방편일지도 모르겠으나 굳이 본인의 진가 이하의 얼굴을 보여주고 '이게 당신의 얼굴입니다.'라며 상대를 모욕할 필요는 없으리라. 지금 내가 어쩔 수 없이 참고 마주앉아 있는 거울은 틀림없이 아까부터 나를 모욕하고 있었다. 오른쪽을 향하면 얼굴 전체가 코가 되었다. 왼쪽을 내밀면 입이 귓가까지 찢어졌다. 고개를 들면 두꺼비를 앞에서 볼 때처럼 편편하게 찌부러지고, 조금 수그리면 후쿠로쿠주[1]가 점지해준 아이처럼 머리가 불거졌다. 적어도 이 거울을 대하는 동안에는 혼자서 여러 가지 괴물을 겸하지 않으면 안 되었다. 비치는 내 얼굴이 미술적이지 못하다는 점은 어떻게든 참는다 할지라도 거울의 구조나, 색이나, 은종이

---

1) 福禄寿. 칠복신 가운데 하나로 불룩하게 긴 머리가 특징.

가 벗겨져 광선이 빠져나가는 모습 등을 종합해서 생각해보자면 이 도구 자체부터가 추태의 극치였다. 소인배에게 욕을 먹는다면 그 욕 자체는 특별히 아프지도 간지럽지도 않을 테지만, 그 소인배의 면전에서 눕기도 하고 일어서기도 해야 한다면 누구나 불쾌할 것이다.

게다가 이 주인은 보통내기가 아니었다. 밖에서 들여다보았을 때는 책상다리를 하고 앉아 기다란 담뱃대로 장난감 영일동맹국기[2] 위에 담배를 내뿜으며 자못 따분한 듯 보였으나, 들어가서 내 머리의 처치를 맡긴 단계에 이르러서는 깜짝 놀랐다. 수염을 깎는 동안에는 머리의 소유권이 온전히 주인의 손에 있는 건지, 아니면 얼마간은 내게도 있는 건지, 혼자서 의심하기 시작했을 정도로 가차 없이 다루었다. 내 머리가 어깨 위에 붙박여 있다 할지라도 이래서는 오래 버티지 못할 것 같았다.

그는 면도칼을 휘두름에 있어서 문명의 법칙을 추호도 이해하고 있지 못했다. 뺨에 닿을 때는 으드득 소리가 났다. 귀밑털 부근에서는 벌떡 동맥이 울렸다. 턱 부근에서 날카로운 날이 번뜩일 때는 버석버석 서릿발을 밟는 것 같은 이상한 소리가 났다. 더구나 본인은 일본 최고의 솜씨를 가진 주인이라고 자부하고 있었다.

---

2) 러시아의 남하를 견제하기 위해 1902년에 성립된 영일동맹을 기념하여 양국의 국기를 교차시키기도 하고 나란히 걸어놓기도 해서 만든 깃발.

마지막으로 그는 취해 있었다. 손님 하고 부를 때마다 묘한 냄새가 났다. 때로는 이상한 가스를 내 콧등에 내뿜기도 했다. 이래서는 면도칼이 언제 어떻게 잘못되어 어디로 날아들지 알 수 없는 일이었다. 사용하는 당사자에게조차 분명한 계획이 없는 이상, 얼굴을 빌려준 내가 추측해낼 수 있을 리가 없었다. 처음부터 다 알고 맡긴 얼굴이니 얼마간의 상처라면 불평은 하지 않을 생각이지만, 갑자기 생각이 바뀌어서 숨통이라도 끊어놓는다면 큰일이었다.

"비누 같은 걸 칠하고 깎는 건 솜씨가 모자란 탓이겠지만, 손님은 수염이 수염이니 어쩔 수가 없네요."라고 말하며 주인은 알비누를 그대로 선반 위로 던졌으나, 비누는 주인의 명령에 따르지 않고 바닥 위로 떨어져 나뒹굴었다.

"손님은 잘 못 뵙던 분 같은데, 뭡니까, 최근에 오신 건가요?"

"이삼일 전에 막 왔어."

"아하, 어디에 계시나요?"

"시호다에서 묵고 있어."

"아, 그곳의 손님이신가요? 대충 그럴 거라 짐작은 하고 있었습니다요. 사실은 저도 그 댁의 큰어르신을 의지해서 온 겁니다. 그냥, 그 어르신이 도쿄에 계실 때 제가 근처에 있었기에, 그래서 알고 있는 겁니다요. 좋은 양반입죠. 이해심 많은. 작년에 마나님이 돌아가셔서 지금은 골동품만 만지작거리고 계신데,

들리는 말에 의하면 멋진 것들이 있다고 합니다요. 팔면 굉장한
돈이 될 거라는 소문입니다."

"예쁜 따님이 계시잖나?"

"위험합니다."

"뭐가?"

"뭐가, 라니. 손님 앞입니다만 그 사람은 시집을 갔다가 뛰쳐
나왔습니다."

"그런가?"

"그런가로 끝날 일이 아닙니다. 원래대로 하자면 뛰쳐나오지
않아도 될 일을 말입니다요. 은행이 망해서 사치를 부릴 수
없다며 뛰쳐나온 거니 사람이 할 도리가 아니죠. 어르신이
저렇게 계신 동안에는 상관없지만, 만약의 일이라도 벌어지는
날에는 달리 어쩔 방법이 없습니다요."

"그럴까?"

"당연합죠. 본가의 오빠하고는 사이가 좋지 않고."

"본가가 있는가?"

"본가는 언덕 위에 있습니다요. 놀러 가보세요. 경치가 죽이
는 곳입니다요."

"이봐, 비누를 한 번 더 칠해주지 않겠어? 다시 아프기 시작했
어."

"잘도 아파지는 수염이로군. 수염이 너무 억세서 그래. 손님

은 수염을 사흘에 한 번은 반드시 깎아주어야 합니다. 제 칼로도 아프다면 어딜 가나 참을 수 없을 겁니다요."

"앞으로는 그렇게 함세. 뭐, 매일 와도 상관없고."

"그렇게 오래 계실 생각이십니까? 위험합니다. 그만두세요. 얻을 게 아무것도 없습니다. 변변찮은 사람에게 걸려서 무슨 일을 당하게 될지 알 수 없습니다요."

"어째서?"

"손님, 그 딸의 얼굴은 반반한 것 같지만, 사실은 머리가 고장 났습니다."

"왜?"

"왜라뇨, 손님. 마을 사람들 모두가 미치광이라고 말하고 있습니다."

"그건 뭔가 잘못 알고 있는 거 아닌가?"

"하지만 실제로 증거가 있으니 그만두십쇼. 위험합니다."

"난 괜찮던데, 어떤 증거가 있다는 거지?"

"요상한 얘깁니다요. 그럼 천천히 담배라도 피우고 계십쇼, 얘기할 테니. 머리 감으시겠습니까?"

"머리는 그만두기로 하지."

"비듬만 털어드릴깝쇼?"

주인은 때가 낀 10개의 손톱을 거침없이 나의 두개골 위에 늘어놓더니 양해도 없이 앞뒤로 맹렬하게 운동을 개시했다.

그 손톱이 흑발의 뿌리를 한 올씩 헤집으며 불모지를 거인의 갈퀴가 질풍 같은 속도로 지나듯 오갔다. 내 머리에 몇 십만 가닥의 머리카락이 나 있는지는 모르겠지만, 털이라는 털 모두가 뿌리째 뽑히고 남은 지면이 온통 긁혀서 지렁이처럼 부풀어 오른 데다, 여세가 지면을 통해서 뼈에서부터 뇌수까지 진탕을 느끼게 할 만큼 격렬하게 주인은 내 머리를 긁어댔다.

"어떻습니까? 기분이 좋으시죠?"

"굉장한 날완(辣腕)이로군."

"네? 이렇게 하면 누구라도 시원해지니까요."

"목이 빠질 거 같아."

"그렇게 나른하십니까? 그게 다 날씨 탓입니다. 봄이라는 녀석이 오면 아무래도 몸이 한없이 늘어지니. 자, 한 대 태우세요. 시호다에 혼자 계시면 따분하시겠죠. 얘기를 나누러 잠깐씩 나오세요. 아무래도 도쿄 사람은 도쿄 사람끼리가 아니면 말이 통하지 않는 법이니. 어떤가요? 역시 그 따님이 접대를 위해서 나오나요? 그렇게 눈치라고는 눈곱만큼도 없는 여자라 골칫거리라니까요."

"따님이 어떻게 됐다고 한 부분에서 비듬이 날고 목이 빠질 뻔했었지?"

"맞아, 속 빈 강정처럼 얘기에 알맹이가 하나도 없군. 그래서 그 스님이 열을 올려서……."

"그 스님이란 어떤 스님이지?"

"간카이지(觀海寺)라는 절에서 사무를 보던 스님이 말입죠……."

"사무를 보던 스님이든 주지스님이든, 스님은 아직 한 사람도 안 나왔었어."

"그랬었나? 성격이 급해서 글러먹었다니까. 옹골차고 야무져서 여자가 생길 법한 스님이었는데 그 양반이, 좀 들어보십쇼. 그 사람한테 홀딱 빠져서 결국에는 편지를 보냈습죠. 아, 잠깐만 말로 후리려고 했었나? 아니야, 편지야. 편지가 틀림없어. 그랬더니……, 이렇게……, 뭔가 얘기가 좀 이상한데. 흠, 그랬었지, 역시 그랬었어. 그러자 그 작자가 깜짝 놀라서……."

"누가 놀란 거지?"

"여자가 말입죠."

"여자가 편지를 받고 놀란 거로군."

"그게, 놀랄 정도의 여자라면 조신하다고 할 수 있을 테지만, 놀랄 위인이 아닙니다."

"그럼 누가 놀란 거지?"

"말로 후리려던 쪽이."

"말로 후리지 않았잖아."

"에이, 속 터져라. 잘못 말했군. 편지를 받아서 말입죠."

"그럼 역시 여자겠지."

"아니, 남자가 말입죠."

"남자라면 그 스님이겠군."

"네, 그 스님이 말입죠."

"스님이 어째서 놀란 거지?"

"어째서냐 하면, 본당에서 화상 어르신하고 경을 읽고 있는데 갑자기 그 여자가 뛰어들어서는……, 우후후후후. 아무리 생각해도 머리가 이상해."

"무슨 짓을 한 건가?"

"그렇게 사랑스럽다면 부처님 앞에서 같이 자자며 느닷없이 다이안(泰安) 스님의 목에 매달려서 말입죠."

"아이고."

"당황한 건 다이안 스님이었죠. 미치광이한테 편지를 보냈다가 온갖 창피는 다 당하고, 결국은 그날 밤 몰래 모습을 감춰서는 죽어버려서……."

"죽었다고?"

"죽었을 거라 생각합니다. 살아 있을 수 없을 테니."

"뭐라 말할 수 없겠군."

"맞아요, 상대가 미치광이라 죽어봤자 별 거 없을 테니 어쩌면 살아 있을지도 모르겠네요."

"꽤 재미있는 이야기로군."

"재미있네, 없네 할 것도 없이 온 마을의 커다란 웃음거리입죠 그런데 당사자만은 원래가 미치광이인지라 유들유들 아무렇지도 않으니……. 뭐, 손님처럼 야무진 사람이야 상관없습니다만, 상대가 상대이니만큼 너무 놀리거나 하면 봉변을 당하게 될 겁니다요."

"조금은 조심해야겠군. 하하하하하."

뜨뜻미지근한 해안에서 소금기 머금은 봄바람이 살랑살랑 불어와 가게의 포렴을 졸린 듯 흔들었다. 몸을 비스듬히 하여 그 아래를 빠져나가는 제비의 모습이 훌쩍 거울 속으로 멀어져 갔다. 맞은편 집에서는 예순쯤의 할아버지가 처마 아래에 웅크리고 앉아 말없이 조개를 까고 있었다. 짤깍, 작은 칼이 닿을 때마다 붉은 살이 소쿠리 안으로 숨었다. 껍데기는 반짝 빛을 뿜으며 2자 남짓 피어오르는 아지랑이를 맞은편으로 가로질렀다. 언덕처럼 야트막하게 쌓인 조개껍데기는 굴인지 개량조개인지 맛조개인지. 무너진 것 중 얼마간은 모래내로 떨어져 속세의 표면에서 어두운 나라로 매장되었다. 매장된 뒤를 이어서 바로 새로운 조개가 버드나무 아래에 쌓였다. 할아버지는 조개의 앞날은 생각할 겨를도 없이 그저 공허한 껍데기를 아지랑이 위로 내던졌다. 그의 소쿠리에는 밑을 받치는 바닥이 없고, 그의 봄날은 무진장으로 한가로운 것처럼 보였다.

모래내는 채 2간도 되지 않는 작은 다리 밑을 흘러서 해변 쪽으로 봄의 물을 흘려보내고 있었다. 봄의 물이 봄의 바다와 만나는 부근에서는 들쭉날쭉 몇 길이고 널어놓은 그물이, 그물코를 빠져나와서 마을로 부는 부드러운 바람에 비릿한 미온을 전해주고 있는 것 아닐까 의심스러웠다. 그 사이로, 무딘 칼을 녹여 한가롭게 꿈틀거리듯 보이는 것이 바다의 빛깔이었다.

이 풍경과 이 주인장과는 도무지 어울리지 않았다. 만약 이 주인장의 인격이 강렬해서 주변의 풍광과 맞설 만큼의 영향력을 내 머릿속에 주었다면 나는 양자 사이에 서서 매우 어리둥절하다는 느낌을 받았으리라. 다행스럽게도 주인장은 그렇게 위대한 호걸이 아니었다. 제아무리 도쿄 사람이라 할지라도, 제아무리 호기롭게 떠들어댄다 할지라도, 모든 것이 혼연일체가 되어 있으며 넓고 큰 이 천지의 커다란 기상에는 당해낼 재간이 없다. 배부른 요설을 늘어놓아 어디까지고 이 상태를 깨려 하는 주인장은 일찌감치 일개 먼지가 되어 기꺼운 봄빛 속에서 부유하고 있었다. 모순이란 힘에 있어서, 양에 있어서, 혹은 기세나 체구에 있어서 얼음과 숯처럼 성질이 달라 서로 용납하지 못하나, 그러면서도 같은 정도의 위치에 있는 사물이나 사람 사이에서 비로소 나타나는 현상이다. 양자의 간격이 매우 크면 이 모순은 점차 줄어들고 소멸되어 마침내는 오히려 커다란 세력의 일부로 활동하기에 이를지도 모른다. 대인의 수족이 되어 재사(才士)가 활동하고, 재사의 중신이 되어 어리석은 사람이 활동하고, 어리석은 사람의 심복이 되어 우마가 활동

할 수 있는 것도 이러한 이치 때문이다. 지금 우리의 주인장은 끝도 없는 봄의 경치를 배경으로 일종의 골계를 연기하고 있었다. 한가로운 봄의 감각을 깨뜨려야 할 그는, 오히려 한가로운 봄의 감각을 애써 더해주고 있었다. 나는 문득 음력 3월의 한가운데서 한가로운 야지[3]와 친해진 것 같다는 기분이 들었다. 극히 싸구려 기염가(気焔家)인 그는 태평한 기상을 갖춘 봄날에 가장 조화로운 하나의 채색이었다.

이런 생각이 들자 이 주인장 역시 제법 그림도, 시도 될 법한 사내라는 생각이 들어 벌써 돌아갔어야 할 것을 짐짓 엉덩이를 뭉개고 앉아 이런저런 이야기를 나누고 있었다. 그러던 차에 포렴을 밀치며 조그만 까까머리가,

"실례, 한번 좀 밀어주게."

하고 들어왔다. 흰 무명으로 지은 옷에 같은 천으로 둥글게 공그른 허리띠를 매고 위에서부터 모기장처럼 성긴 승복을 걸친 매우 태평스러워 보이는 어린 중이었다.

"료넨(了念), 어떻게 됐어? 전에 옆길로 샜다고 스님께 야단을 맞았지?"

"아니, 칭찬을 들었어."

"심부름 가는 길에 물고기를 잡았는데 료넨은 기특하구나,

---

3) 弥次. 에도 후기의 통속작가인 짓펜샤 잇쿠(十返舎一九, 1765~ 1831)의 작품 속 주인공. 여행지에서 우스운 실패를 연출한다.

하고 칭찬을 들었단 말이야?"

"어린 나이에 어울리지 않게 료넨은 잘도 놀다 와서 기특하구나, 하시며 노사(老師)님께서 칭찬을 해주셨어."

"그래서 머리에 혹이 생긴 거로군. 이렇게 무례한 머리는 밀기 힘들어서 안 돼. 오늘만은 봐줄 테니 다음부터는 다시 반죽을 해가지고 와."

"반죽을 다시 할 바에는 좀 더 솜씨 좋은 이발점에 가고 말지."

"하하하하, 머리는 울퉁불퉁해도 입만은 살아 있군."

"솜씨도 없으면서 술만은 잘 마시는 건 그쪽이고."

"예끼, 발칙한 놈. 솜씨도 없다니……"

"내가 한 말이 아니야. 노사님께서 하신 말씀이야. 그렇게 화낼 건 없잖아. 나이 값도 못하는군."

"흥, 같잖아서. 그렇지요, 손님?"

"으응?"

"대체로 중이라는 작자들은 높다란 돌계단 위에 살아서 근심거리가 없기에 자연히 입만 살게 되는 법인 걸까요? 이런 어린 중놈까지 아주 시건방진 소리를 한다니까요. 아아, 머리를 좀 더 눕혀, 눕히라니까. 말을 듣지 않으면 베일 거야. 그래도 괜찮아? 피가 날 텐데?"

"아프잖아, 그렇게 함부로 하면."

"이 정도도 못 참아서 중이 될 수 있겠어?"

"중이라면 벌써 됐어."

"아직 된 중이라고는 할 수 없잖아. 그런데 다이안 씨는 어쩌다 죽었더라, 애기중 씨?"

"다이안 스님은 죽지 않았어."

"죽지 않았다고? 어럽쇼. 죽었을 건데."

"다이안 스님은 그 후에 분발해서 리쿠젠[4]의 다이바이지(大梅寺)라는 절로 가서 수업 삼매경이야. 곧 고승이 될 거야. 잘된 일이지."

"뭐가 잘됐다는 거야. 아무리 중이라고 해도 야반도주를 했는데 잘된 일이라는 법이 어디 있어. 너도 아주 조심하지 않으면 안 될 거야. 자칫했다가는 여자 때문에 신세를 망치게 되니. 여자라는 말이 나왔으니 하는 말인데, 그 미치광이는 역시 스님을 찾아가나?"

"미치광이 여자라는 말은 들어본 적이 없는데."

"말이 안 통하는 땡중이로군. 찾아가, 안 찾아가?"

"미치광이는 안 오지만 시호다 댁의 따님이라면 오지."

"아무리 스님의 기도라도 그 사람만은 낫지 않을 거야. 온전히 전남편의 저주니까."

---

4) 陸前. 지금의 미야기 현 대부분과 이와테 현 일부를 일컫던 옛 지명.

"그 따님은 훌륭한 여자야. 노사님께서 아주 칭찬을 하셔."

"돌계단을 오르면 무슨 일이든 정반대가 되어버리니 당해낼 재간이 없군. 스님이 뭐라 하셔도 미치광이는 미치광이잖아. 자, 다 밀었어. 얼른 가서 스님께 야단을 맞고 와."

"아니, 조금 더 놀다 가서 칭찬을 들을 거야."

"니 마음대로 해. 한 마디도 지지 않는 꼬맹이라니까."

"에잇, 이 마른 똥 막대기가."

"뭐라고?"

파란 머리는 이미 포렴을 빠져나가 봄바람을 맞고 있었다.

6

저물녘의 책상에 앉았다. 방문도 창문도 열어젖혔다. 여관의 사람들은 많지도 않은데 집은 비교적 넓었다. 내가 묵는 방은 많지도 않은 사람들이 사람답게 움직이는 공간에서 몇 굽이의 복도로 떨어져 있었기에 들려오는 소리조차 사색에 방해가 되지는 않았다. 오늘은 한층 더 조용했다. 주인도 딸도 하녀도 하인도 어느 틈엔가 나를 남겨두고 떠나버린 듯 여겨졌다. 떠나버린 것이라면 평범한 곳으로 떠나버리지는 않았으리라. 안개의 나라나 구름의 나라이리라. 혹은 구름과 물이 자연스럽게 다가서 있고 키를 잡기조차 귀찮게 여겨지는 바다 위를, 언제 흘러들었는지 깨닫지도 못하는 사이에, 하얀 돛이 구름인지 물인지 구분하기 어려운 곳으로 떠내려와서, 마침내는 돛 스스로가 자신을 어디에서 물과 구름과 차별화해야 할지 고민하는 부근으로, 그런 아득한 곳으로 떠나버린 듯 여겨졌다. 그도 아니라면 홀연 봄 속으로 사라져버려서 지금까지의 육신이 지금쯤은 눈에 보이지 않는 영기(靈気)가 되어버려, 널따란 천지간에 현미경의 힘을 빌린다 할지라도 그 흔적을 찾아볼 수 없게 된 것이리라. 혹은 종다리가 되어 노란 유채꽃을 한껏 울고 난 뒤에 저물녘의 깊은 자줏빛이 드리워진 부근으로 간 것일지도 몰랐다. 또는 긴 봄날을 더욱 길게 하는 등에의 역할을 다한 뒤, 꽃술에 맺힌 달콤한 이슬을 빨지 못하여, 떨어진 동백꽃 아래에 깔린 채 세상을 향기롭게 여기며 누워 있는 것일지도 몰랐다. 어쨌든 조용했다.

공허한 집을 공허하게 빠져나가는 봄바람이, 빠져나가는 것은 맞아들이는 사람에 대한 도의 때문이 아니다. 거부하는 자에 대한 앙갚음도 아니다. 스스로 왔다가 스스로 사라지는 공평한 우주의 뜻이다. 손바닥으로 턱을 괴고 있는 나의 마음도 내가 묵고 있는 방처럼 공허하다면 봄바람은 부르지 않아도 스스럼없이 빠져나가리라.

밟고 있는 것이 땅이라고 생각하기에 갈라지지나 않을까 하는 염려도 생기는 것이다. 이고 있는 것이 하늘이라는 사실을 알고 있기에 번개가 관자놀이에 떨어지지나 않을까 걱정도 하는 것이다. 남들과 다투지 않으면 체면이 서지 않는다고 속세가 재촉하기에 불난 집[1]의 고통에서 벗어날 수가 없다.

---

1) 『법화경』에 나오는 비유로 번뇌와 고통이 가득한 이 세상을 의미한다.

동쪽과 서쪽이 있는 천지에 살며 이해(利害)의 밧줄을 건너지 않으면 안 되는 몸에게 현실의 연애는 원수다. 눈에 보이는 부(富)는 흙이다. 쥐고 있는 명(名)과 빼앗은 예(譽)는, 약아빠진 벌이 달콤하게 빚어내는 것처럼 보이다 침을 버리고 가는 꿀과 같은 것이리라. 이른바 즐거움은 사물에 집착하는 데서 일어나기에 온갖 괴로움을 머금고 있다. 오로지 시인과 화객(画客)이라는 자들이 있어서 이 대립세계의 정화를 어디까지고 곱씹어, 뼈에 사무치고 골수에 스미는 깨끗함을 알 뿐이다. 안개를 먹고 이슬을 마시고 자줏빛을 품(品)하고 붉은빛을 평(評)하고 죽음에 이르러 후회하지 않는다. 그들의 즐거움은 사물에 집착하는 것이 아니다. 동화하여 그 사물이 되는 것이다. 완전히 그 사물이 되었을 때 나를 수립할 여지는 망망한 대지를 다 뒤져도 찾아낼 수가 없다. 속세의 먼지에 찌든 육신에서 뜻대로 해탈하며 터진 삿갓 속에 무한한 청풍을 담는다. 무익하게 이러한 경우를 생각해내는 것은 굳이 시정의 돈 냄새 풍기는 자들을 위협하고, 애써 기품 있는 척하기 위해서가 아니다. 그저 곧 얻게 될 복음을 이야기하여 인연이 있는 중생을 손짓해서 부르기 위함일 뿐이다. 사실 그대로 이야기하자면 시경(詩境)이네, 화계(画界)네 하는 것도 사람들 모두에게 갖추어진 길이다. 덧없이 세월을 헤아리며 하얗게 센 머리에 신음하는 무리라 할지라도 일생을 돌아보아 지난 내력의 파동을 차례대로 점검해

보면, 악취 풍기는 시체에서도 희미한 빛이 새어나오는 것처럼 속세에 찌든 자신에게도 예전에는 희미한 빛이 있었던 듯하여 스스로를 잊고 박수치고 싶은 취흥을 불러일으킬 수 있으리라. 그렇게 하지 못한다면 살아온 보람이 없는 사내다.

하지만 한 가지 사실에만 입각하고 한 가지 사물에만 동화하는 것이 시인의 감흥이라고는 말할 수 없다. 어떨 때는 한 떨기 꽃으로 화하고 어떨 때는 한 쌍의 나비로 화하고 어떨 때는 워즈워스[2]처럼 한 무리의 수선화로 화하여 풍요로운 바람 속에서 마음을 흐드러지게 피우는 경우도 있을 테지만, 무엇인지도 모를 주변의 풍광에 자신의 마음을 빼앗겨, 자신의 마음을 빼앗은 것이 무엇인지조차 분명히는 의식하지 못하는 경우도 있다. 어떤 사람은 천지의 빛나는 대기에 접한 것이라고 말하리라. 어떤 사람은 현이 없는 거문고를 정신으로 들은 것이라고 말하리라. 또 어떤 사람은 알기 어렵고 이해하기 힘들기에 무한의 영역에 멈춰 선 채 아득한 곳에서 방황하는 것이라고 형용할지도 모르겠다. 뭐라고 말하든 전부 그 사람의 자유다. 당목으로 만든 책상에 멍하니 기대어 있는 나의 심리 상태야말로 바로 이것이었다.

나는 틀림없이 아무것도 생각하고 있지 않았다. 또는 분명히

---

2) William Wordsworth(1770~1850). 영국 낭만파를 대표하는 시인.

아무것도 보고 있지 않았다. 내 의식의 무대에 눈에 띄는 색채를 가지고 움직이는 것이 없기에 나는 어떠한 사물에도 동화되었다고는 말할 수 없었다. 그래도 나는 움직이고 있었다. 세상 안에서 움직이고 있는 것도 아니고 세상 바깥에서 움직이고 있는 것도 아니었다. 그저 그냥 움직이고 있었다. 꽃으로 움직이는 것도 아니고 새로 움직이는 것도 아니고, 사람에 대해서 움직이는 것도 아니었다. 그저 황홀하게 움직이고 있었다.

굳이 설명을 하라고 한다면 내 마음은 그저 봄과 함께 움직이고 있다고 말하고 싶다. 온갖 봄의 빛깔, 봄의 바람, 봄의 사물, 봄의 소리를 으깨어 굳혀서 선약으로 만들고, 그것을 봉래[3]의 영액에 녹여 도원의 해로 증발시킨 정기가 나도 모르는 사이에 모공으로 스며들어 마음이 지각하기도 전에 가득 들어차버린 것이라고 말하고 싶다. 일반적으로 동화(同化)에는 자극이 있다. 자극이 있기에 유쾌한 것이리라. 나의 동화는 무엇과 동화한 것인지 불분명했기에 자극이 추호도 없었다. 자극이 없기에 아득하여 뭐라 이름하기 어려운 즐거움이 있었다. 바람에 시달려 건듯건듯 물결을 일으키는 경박하고 요란스러운 정취와는 달랐다. 눈에 보이지 않는 몇 길 바닥을 대륙에서 대륙까지 움직이고 있는, 넓고 깊은 창해라고 형용할 수 있겠다. 단지

---

3) 蓬萊. 신선이 산다는 상상 속의 산.

그만큼의 활력이 없을 뿐이다. 그러나 거기에 오히려 행복이 있다. 커다란 활력의 발현에는, 이 활력이 언젠가 다하리라는 염려가 담겨 있다. 평소의 모습에 그러한 걱정은 수반되지 않는다. 평소보다 옅은 내 마음의 지금 상태는, 나의 격렬한 힘이 닳아 없어지지는 않을까 하는 근심에서 떨어져 있을 뿐만 아니라 평소 마음의 좋을 것도 없고 나쁠 것도 없는 평범한 경지에서도 벗어나 있었다. 옅다는 것은 단지 포착하기 어렵다는 의미이지 지나치게 약하다는 우려는 포함하고 있지 않다. 충융4)이네 담탕5)이네 하는 시인의 말은 이러한 경지를 가장 절실하게 유감없이 표현한 것이리라.

이러한 경지를 그림으로 그려보면 어떨까 싶었다. 그러나 평범한 그림은 되지 못할 것이 뻔했다. 우리가 흔히 그림이라 칭하는 것은 단지 눈앞의 인사·풍광을 있는 그대로의 모습으로, 혹은 이를 자신의 심미안으로 녹과(漉過)하여 화폭 위에 옮겨놓은 것에 지나지 않는다. 꽃이 꽃으로 보이고 물이 물로 비치고 인물이 인물로서 활동하면 그림의 역할은 끝난 것이라 여겨지고 있다. 만약 여기서 한 단계 더 올라가게 되면 자신이 느낀 물상에 자신이 느낀 대로의 정취를 더해 화폭 위에서 힘차게

---

4) 沖融. 온화한 기분으로 가득한 모습. 중국 당나라의 시인인 두보(杜甫, 712~770)의 시에 나오는 말이다.
5) 澹蕩. 한가롭고 차분한 모습. 중국 당나라의 시인 이백(李白, 701~762)의 시에 나오는 말이다.

생동케 한다. 어떤 특별한 감흥을 자신이 포착한 삼라만상 속에 깃들게 하는 것이 이러한 종류의 기술가들이 말하는 주의(主意)이니, 그들이 본 물상에 대한 관점이 명료하게 붓끝에서 뿜어져나오지 않으면 그림을 제작했다고는 말할 수 없으리라. 나는 이러이러한 것을 이러이러하게 보았고 이러이러하게 느꼈다, 그 본 방법도 느낀 방법도 선인들의 울타리 아래에 서서 예로부터 전해온 전설에 지배받은 것이 아니다, 그러나 가장 옳고 가장 아름다운 것이다, 라는 주장을 나타내는 작품이 아니라면 나의 작품이라고는 굳이 말하지 못하리라.

이 두 종류의 제작가에게 주객 어디에 더 치우쳤는지 구별은 있을지 모르겠으나 명료한 외계의 자극을 기다렸다가 비로소 제작에 착수하는 것은 양쪽 모두 마찬가지다. 그러나 지금 내가 그리려고 하는 제재는 그렇게 분명한 것이 아니었다. 모든 감각을 다 고무시켜서 이것을 마음 밖에서 물색한다 한들, 모습이 모났는지 둥근지 색이 빨간지 푸른지는 물론 농담의 깊이, 선의 굵기를 찾아낼 수가 없다. 나의 느낌은 밖에서 온 것이 아니었다. 설령 왔다 할지라도 나의 시계에 놓여 있는 일정한 풍물이 아니기에 이것이 원인이라고 손가락을 들어 사람들에게 분명히 가리킬 수는 없었다. 있는 것이라고는 오로지 심상뿐이었다. 이러한 심상을 어떻게 표현해야 그림이 될까? 아니, 이러한 심상을 어떤 구체적인 형상을 빌려 사람들이 짐작할 수 있도록 생생히 보여줄 수 있느냐가 문제였다.

보통의 그림은, 느낌은 없어도 사물만 있으면 그릴 수 있다. 두 번째 그림은 사물과 느낌이 양립하면 그릴 수 있다. 세 번째에 이르면 존재하는 것이라고는 오로지 심상뿐이기에 그림으로 그리려면 반드시 이 마음에 알맞은 대상을 고르지 않으면 안 된다. 그러나 그러한 대상은 쉽사리 나타나지 않는다. 나타난다 할지라도 쉽사리 정리되지 않는다. 정리된다 할지라도 자연계에 존재하는 것과는 정취가 전혀 다른 경우가 있다. 따라서 보통 사람들이 보기에는 그림이라고 받아들이지 못한다. 그린 당사자도 자연계의 국부가 재현된 것이라고는 인식하지 않는다. 그저 감흥이 일어난 순간의 심상을 얼마간이라도 전달하여 감각하기 어려운 무드에 다소나마 생명을 부여하기만 해도 대성공이라 여기고 있다. 예로부터 이 어려운 일에 완전한 공적을 거둔 화공이 있었는지 없었는지는 모르겠다. 어느 지점까지 이러한 유파에 손을 댈 수 있었던 사람을 들어보자면 문여가[6]의 대나무가 있다. 운코쿠[7] 문하의 산수가 있다. 시대를 내려와 다이가도[8]의 풍경이 있다. 부손[9]의 인물이 있다. 서양의

---

6) 文與可(1018~1079). 중국 송나라의 화가. 산수화에 뛰어났으며 특히 대나무 그림이 유명하다.
7) 雲谷(1547~1618). 일본 전국시대의 화가. 대담하고 개성 넘치는 화풍으로 유명하다.
8) 大雅堂(1723~1776). 에도 시대의 남화가. 북화 등의 기법도 받아들여 독자적인 화풍으로 일가를 이루었다.

화가에 이르러서는 대부분 눈을 구상세계에 두어, 마음이 빨려들듯 기품 있는 세계에 경도되지 않은 자가 대대수를 차지하고 있기에 이러한 종류의 필묵으로 물질세계 밖의 마음이 빨려들듯한 세계를 전달한 자가 과연 몇 명이나 될지 모르겠다.

안타깝게도 셋슈[10], 부손 등이 애써 묘사해낸 일종의 기품 있는 세계는 너무나도 단순하고 또 너무나도 변화가 결핍되어 있다. 필력이라는 점에서 말하자면 이들 대가에 도저히 미치지 못하지만, 지금 내가 그림으로 그려보려 하는 심상은 조금 더 복잡한 것이었다. 복잡한 것인 만큼 아무래도 1장 안에는 느낌을 담을 수가 없었다. 턱을 괴고 있던 손을 풀어 책상 위에서 팔짱을 끼고 생각해보았으나 역시 떠오르지 않았다. 색, 모양, 분위기가 이루어져 나의 마음이, 아아 여기에 있었구나 하고 곧 스스로를 인식할 수 있도록 그리지 않으면 안 된다. 생이별한 자신의 자식을 찾아내기 위해 60여 개 주를 돌아다니며 자나 깨나 잊을 틈이 없던 어느 날 네거리에서 문득 해후하여 번개가 둘 사이를 가로막을 틈도 없이 앗, 여기에 있었구나, 라고 여겨지도록 그리지 않으면 안 된다. 그것이 어려웠다. 이러한 분위기만 나온다면 남들이 보고 뭐라고 말하든 상관없을 터였다. 그림이

---

9) 蕪村(1716~1784). 에도 시대의 가인이자 화가. 남화의 대가였다.
10) 雪舟(1420~1506). 무로마치 시대의 화가. 3년 동안 명나라에서 배워 북화계열의 수묵화로 독자적인 개성을 살렸다.

아니라고 호통을 쳐도 원망하지는 않을 터였다. 하다못해 색의 배합이 이러한 심상의 일부를 대표하고, 선의 곡직이 이러한 마음의 일부분을 표현하고, 전체의 배치가 이러한 풍취를 얼마간 전달할 수 있다면 형태가 되어 나타난 것은 소든 말이든, 혹은 소도 말도 아무것도 아니든 마다하지 않을 터였다. 마다하지 않을 테지만 아무래도 그럴 수가 없었다. 사생첩을 책상 위에 놓고 두 눈이 수첩 속으로 빠져들 때까지 궁리를 해보았으나 도무지 뜻대로 되지 않았다.

연필을 놓고 생각했다. 이러한 추상적 흥취를 그림으로 그리려 한 것이 애초부터 잘못이었다. 사람은 크게 다르지 않으니 수많은 사람들 가운데는 분명히 나와 같은 감흥을 느낀 자가 있어서 그 감흥을 어떤 수단인가로 영구화하려 시도했을 것임에 틀림없다. 시도했다고 한다면 그 수단은 무엇이었을까?

홀연 음악이라는 2글자가 눈에 번쩍 떠올랐다. 그래, 음악은 이러한 때에 이러한 필요에 쫓겨서 태어난 자연스러운 목소리이리라. 그래, 음악은 들어둘 필요가 있는 것, 배워둘 필요가 있는 것이라고 비로소 깨달았으나 불행하게도 그 부근에 대한 소양은 전혀 갖추고 있지 못했다.

다음으로 시는 되지 않을까 하고 제3의 영역으로 발을 디뎌보았다. 레싱11)이라는 사내는 시간의 경과를 조건으로 일어나는 사건이 시의 본령인 것처럼 논하고 시와 그림은 하나가 아니라

두 가지 양식이라는 근본의를 세운 것으로 기억하고 있는데, 시를 그렇게 본다면 지금 내가 발표하려 조바심치고 있는 경지는 도무지 시가 될 것 같지 않았다. 내가 기꺼워하고 있는 심리의 상황에 시간은 있을지 모르겠으나 시간의 흐름에 따라서 순차적으로 전개되어야 할 사건의 내용은 없었다. 1이 떠나고 2가 오고, 2가 사라지고 3이 태어나기에 기쁜 것이 아니었다. 처음부터 아득하게 한 곳에 붙들어놓은 듯한 정취 때문에 기쁜 것이었다. 이미 한 곳에 붙들어놓은 이상 혹시 이것을 보통의 언어로 번역한다 할지라도 재료를 반드시 시간적으로 배치할 필요는 없으리라. 역시 회화와 다름없이 공간적으로 풍물을 배치하기만 하면 되리라. 단지 어떠한 정경을 시 속으로 가져와서 이 망막하고 모호한 모습을 묘사할지가 문제로, 이미 그것을 포착한 이상은 레싱의 설에 따르지 않아도 시로서 성공할 수 있는 셈이다. 호머[12]가 어떻든 버질[13]이 어떻든 상관없다. 만약 시가 일종의 무드를 드러내기에 적합한 것이라고 한다면 이 무드는 시간의 제한을 받아 순차적으로 진척하는 사건의 도움을 빌리지 않아도 단순히 공간적인 회화상의 요건을 충족하기만

---

11) Gotthold Ephraim Lessing(1729~1781). 독일의 극작가, 비평가.
12) 호메로스(Homeros, BC800? ~BC750)의 영어 이름. 고대 그리스의 시인. 그리스 초기 문학을 대표하는 서사시 「일리아스」와 「오디세이아」의 저자.
13) 베르길리우스(Maro Publius Vergilius, BC70~BC19)의 영어 이름. 고대 로마의 시인.

하면 언어로 묘사할 수 있는 것이라고 생각한다.

논의는 아무래도 상관없었다. 『라오콘』14) 따위는 대부분 잊었으니 잘 살펴보았다가는 내가 위험해질지도 몰랐다. 어쨌든 그림에는 실패를 했으니 시로 한번 해보아야겠다 싶어 사생첩 위에 연필을 대고 앞뒤로 몸을 흔들어보았다. 한동안은 연필 끝의 뾰족한 부분을 어떻게든 운동시키고 싶다는 마음뿐, 조금도 운동시킬 수가 없었다. 갑자기 친구의 이름을 잊어먹어 목구멍까지 나오려던 것이 나오지 못하는 듯한 기분이 들었다. 거기서 포기를 해버리면 나오다 만 이름은 결국 뱃속으로 가라앉아버리고 만다.

갈탕을 끓일 때 처음 한동안은 점성이 없어서 술술 젓가락에 아무런 느낌도 전해지지 않는다. 그것을 참고 저으면 마침내 점착력이 생겨서 휘젓는 손이 조금 묵직해진다. 그래도 개의치 않고 젓가락을 쉼 없이 돌리면 이번에는 더 이상 돌릴 수 없게 된다. 결국에는 냄비 속의 칡가루가 바라지도 않았는데 그쪽에서 먼저 앞 다투어 젓가락에 부착하기 시작한다. 시를 짓는 것이 바로 그랬다.

실마리가 없던 연필이 조금씩 움직이기 시작한 데 기운을 얻어 그럭저럭 이삼십 분 지나자,

---

14) Laokoon(1766). 미학을 다룬 레싱의 대표작 가운데 하나. 공간예술로서의 회화와 시간예술로서의 시의 한계를 밝혔다.

青春二三月(청춘이삼월)

愁随芳草長(수수방초장)

閑花落空庭(한화낙공정)

素琴横虚堂(소금횡허당)

蟲蛸掛不動(소소괘부동)

篆煙繞竹梁(전연요죽량)15)

이라는 6구가 완성되었다. 다시 읽어보니 전부 그림이 될 법한 구절들뿐이었다. 이럴 줄 알았으면 처음부터 그림으로 그렸으면 됐을 걸 싶었다. 어째서 그림보다 시가 더 만들기 쉬웠을까 생각했다. 여기까지 나왔으니 뒤는 커다란 고심 없이 나올 것 같았다. 그러나 다음에는 그림으로 그릴 수 없는 정취를 노래해보고 싶었다. 이리저리 고민을 한 끝에 마침내,

独坐無隻語(독좌무척어)

方寸認微光(방촌인미광)

人間徒多事(인간도다사)

此境孰可忘(차경숙가망)

会得一日静(회득일일정)

正知百年忙(정지백년망)

---

15) 1898년 3월에 소세키가 지은 오언고시인 『춘일정좌(春日靜座)』의 첫 부분이다. '푸른 봄 이삼월. 시름이 향기로운 풀처럼 기네. 조용히 핀 꽃 빈 뜰에 떨어지고. 질박한 거문고 인적 없는 당에 놓여 있고. 거미 매달려 움직이지 않네. 전서체 같은 연기 대나무 들보를 감도네.' 라는 뜻.

遐懷寄何処(하회기하처)

緬邈白雲鄉(면막백운향)16)

이라고 완성되었다. 다시 한 번 처음부터 읽어보니 약간 재미있게 읽히기는 했으나, 내가 지금 막 들어온 신의 경지를 묘사한 것치고는 어딘가 흥미가 떨어지고 만족스럽지 못했다. 내친김에 한 수를 더 지어볼까 싶어 연필을 쥔 채 무심코 방문 쪽을 보았는데 활짝 열어젖힌 장지문의 폭 3자쯤 되는 공간으로 아름다운 그림자가 얼핏 지나갔다. 어라?

내가 시선을 돌려 방문을 보았을 때, 아름다운 것은 이미 열어젖힌 장지문 뒤로 반쯤 숨어 있었다. 게다가 그 모습은 내가 보기 전부터 움직이고 있었던 듯 앗 하는 사이에 지나가버렸다. 나는 시를 버리고 방문을 지켜보았다.

채 1분도 지나지 않아 맞은편에서 그 모습이 반대로 나타났다. 긴소매옷 차림의 늘씬한 여자가 소리도 없이 맞은편 2층의 툇마루를 조용히 쓸쓸하게 걸어가고 있었다. 나도 모르게 연필을 떨어뜨리고 코로 들이마시려던 숨을 딱 멈췄다.

꽃 너머 흐린 하늘이 점점 낮게 드리워져 당장에라도 비가

---

16) 역시 『춘일정좌』의 한 구절로 위의 구에 바로 이어진다. '홀로 말 한마디 없이 앉아 있자니. 마음에 희미한 빛 느껴지네. 인간 세상은 헛되이 바쁘나. 이러한 경지 잊으라는 자 누구인가. 우연히 고요한 하루를 얻어. 백년 인생 분주한 줄 깨달았네. 아득한 마음 둘 곳 어딘가. 흰 구름 감도는 신선의 마을은 멀기도 하여라.' 라는 뜻.

쏟아질 듯한 저물녘의 난간에서 단아하게 갔다가 단아하게 오는 긴소매옷의 모습이, 내 방과 정원을 사이에 두고 6간쯤 떨어져 있는 묵직한 공기 속에서 적막하게 나타났다가는 사라지고 사라졌다가는 나타났다.

여자는 물론 말이 없었다. 곁눈질도 하지 않았다. 마룻바닥에 끌리는 옷자락의 소리조차 나의 귀에 들어오지 않을 정도로 조용히 걷고 있었다. 허리 아래로 선명하게 물들인 옷단의 무늬는 무엇을 새긴 것인지 멀어서 잘 보이지 않았다. 단지 민무늬와 무늬가 이어지는 사이가 자연히 흐려져 있어서 밤과 낮의 경계 같은 느낌이었다. 여자는 애초부터 밤과 낮의 경계를 걷고 있었다.

이 기다란 소매옷을 입고 기다란 복도를 몇 번 갔다가 몇 번 돌아올 생각인지 나로서는 알 수가 없었다. 언제부터 이 신기한 복장을 하고 이 신기한 걸음을 계속했는지도 나로서는 알 길이 없었다. 그 의도에 이르러서는 애초부터 알 방도가 없었다. 애초부터 이해할 도리가 없는 일을 이렇게까지 단정하게, 이렇게까지 정숙하게, 이렇게까지 거듭해서 되풀이하는 사람의 모습이 방문에 나타났다가는 사라지고 사라졌다가는 나타날 때의 나의 느낌은 어딘가 이상한 것이었다. 가는 봄에 대한 원망을 호소하는 행위라면 어찌 저렇게 무심하단 말인가. 무심한 행위라면 어찌 저렇게 아름답게 차려 입을 수 있단 말인가.

저물려 하는 봄빛이 한동안은 어둑한 문가를 환상처럼 우아하게 물들인 가운데, 눈이 번쩍 뜨일 정도의 허리띠는 금란인지? 선명한 직물이 오락가락하며 창연한 저물녘에 감싸여 인기척 없이 쓸쓸한 이쪽, 아득한 저쪽으로 1분마다 사라져버렸다. 반짝이는 봄의 별이 새벽녘 자줏빛 깊은 하늘 속으로 떨어져가는 정취와도 같았다.

천상의 문이 저절로 열려 이 화사한 모습을 저승의 어둠으로 빨아들이려 할 때 나는 이렇게 느꼈다. 금병풍을 배경으로 은촛대를 앞에 두고 봄밤의 한때를 천금으로 여기며 떠들썩하게 살아가야 마땅할 저 의상이 싫어하는 기색도 없이, 맞서려는 모습도 보이지 않고 색상의 세계에서 흐릿해져가는 모습은, 어떤 점에 있어서는 초자연적인 정경이었다. 시시각각 닥치는 검은 그림자를 통해서 바라보니 여자는 숙연하게 서두르는 기색도 없이 당황하지도 않고 같은 정도의 걸음걸이로 같은 곳을 배회하고 있는 모양이었다. 자신에게 닥치려 하는 재앙을 모르는 것이라면 천진함의 극치였다. 알고서도 재앙이라 생각지 않는 것이라면 굉장한 일이었다. 검은 곳이 원래의 주거이고 잠시 동안의 환영을 원래 있던 곳인 어둑한 곳 속으로 거두려는 것이기에 저처럼 조용하고 단아한 태도로 유와 무 사이를 소요하고 있는 것이리라. 여자가 입은 긴소매옷의 어지러운 무늬가 다하여 어쩔 수 없이 먹물로 흘러들어가는 부근에, 자신의 본성을 넌지시 드러내고 있었다.

또 이렇게 느꼈다. 아름다운 사람이 아름다운 잠에 들었다가 그 잠에서 깨어날 틈도 없이 몽롱한 채로 이 세상의 숨결을 거둔다면, 머리맡에서 병을 지키던 우리의 마음은 틀림없이 아플 것이다. 온갖 고생에 고생을 거듭하다 죽는다면 삶의 보람이 없는 자신은 물론, 곁에서 보고 있는 친한 사람들도 죽이는 것이 자비라고 체념할지도 모른다. 그러나 새근새근 잠들어 있는 아이에게 죽어야 할 어떤 과오가 있겠는가? 잠든 채 명부로 끌려가는 것은, 죽을 각오를 하기도 전에 허를 찔려 아까운 목숨을 잃는 것과 같은 일이다. 어차피 죽일 바에는 도저히 벗어날 수 없는 업보라고 납득을 시켜서 단념도 하고 염불도 외우게 해주었으면 한다. 죽어야 할 조건이 채 갖추어지기도 전에 죽어야 한다는 사실만이 생생하게 굳어졌는데, 나무아미타불이라며 회향(回向)하는 목소리가 나올 정도라면, 그 목소리로 이봐, 이봐 하고 절반쯤 저승에 발을 들여놓은 자를 불러 억지로라도 끌어내고 싶어진다. 일시적인 잠에서 언제부터인지 깨닫지도 못하는 사이에 영원한 잠으로 옮겨가려는 본인에게는 불려 되돌아오는 편이, 막 끊어지려던 번뇌의 그물을 무턱대고 끌어올리는 듯하여 괴로울지도 모른다. '제발 부탁이니 부르지 마. 조용히 자게 내버려둬.'라고 생각할지도 모른다.

그래도 우리는 불러 끌어내고 싶어진다. 나는 다음에 여자의 모습이 문에 나타나면 불러 꿈결에서 구해주어야겠다고 생각했다. 그러나 꿈결처럼 3자 폭을 슥 빠져나가는 모습이 눈에 들어오면 왠지 입을 열 수가 없게 되어버리곤 했다. 다음에는, 하고 마음을 정하고 있는 사이에 슥 간단히 지나버렸다. 어째서 아무런 말도 하지 못하는 걸까 생각하는 순간에 여자는 다시 지나갔다. 이쪽에서 지켜보는 사람이 있어서, 그 사람이 자신을 위해 얼마나 안절부절 애를 태우고 있는지 조금도 마음에 두지 않는 모습으로 지나쳤다. 귀찮다고도 가엾다고도, 나 따위에게는 애초부터 신경조차 쓰지 않겠다는 듯한 모습으로 지나쳤다. 다음에는, 다음에는, 하며 생각하고 있는 사이에 더는 빗줄기를 품고 있을 수 없던 구름의 층이 참지 못하고 조용히 떨어뜨리기 시작하여 여자의 모습을 가만히 가둬버리고 말았다.

7

추웠다. 수건을 들고 욕탕으로 내려갔다.

3첩 방에서 옷을 벗고 계단을 4개 내려가면 8첩 크기 정도의 목욕탕이 나온다. 돌에 부족함이 없는 지방인 듯 바닥에는 화강암을 깔아놓았다. 한가운데를 4자 정도의 깊이로 파내어 두부 만드는 틀 크기쯤의 욕조를 앉혀놓았다. 욕조라고는 하지만 역시 돌을 쌓아놓았다. 광천수라고 이름이 붙은 이상 여러 가지 성분이 포함되어 있을 테지만 색이 완전히 투명해서 피부에 닿는 감촉이 좋았다. 때때로 입에 머금어보기까지 했으나 특별히 맛도 냄새도 나지 않았다. 병에도 든다고 하는데 물어보지 않았기에 어떤 병에 든는지는 알 수 없었다. 원래 특별한 지병도 없었기에 실용적인 가치는 머릿속에 떠오른 적이 한 번도 없었다. 단지 들어갈 때마다 떠오르는 것은 백낙천의 <온천수활세응지(温泉水滑洗凝脂)[1]>라는 구절뿐이었다. 온천이라는 말만 들으면 반드시 이 구절에 나타난 것 같은 유쾌한 기분이 든다. 또한 이러한 기분을 이끌어내지 못하는 온천은 온천으로서 전혀 가치가 없다는 생각이 든다. 이와 같은 이상 외에 온천에게 바라는 것은 아무것도 없었다.

완전히 잠기면 젖꼭지 부근까지 물이 왔다. 물이 어디서 솟아나는 것인지는 모르겠으나 평소에도 욕조의 턱을 깨끗하게 넘쳐흐르고 있었다. 봄의 돌이 마를 새 없이 따뜻하게 젖어서 밟는 발의 느낌이 온화하고 즐거웠다. 내리는 비는 밤의 눈을 훔쳐 은밀하게 봄을 적실 정도의 고요함이었으나, 처마의 빗방울은 똑똑 귀에 점점 받게 들려왔다. 목욕탕 안에 갇힌 김은 바닥에서부터 천장까지를 빈틈없이 메운 채, 작은 틈이라도 있으면 옹이구멍만큼 가는 곳이라 할지라도 마다하지 않고 새어나갈 듯한 기세였다.

가을의 이슬은 싸늘하게, 길게 늘어진 안개는 한가로이, 저녁 짓는 사람의 연기는 푸르스름하게 일어 커다란 하늘에 자신의 덧없는 모습을 의탁한다. 여러 가지로 비애가 느껴지지만, 봄밤 온천의 불투명함만은 목욕하는 자의 살갗을 부드럽게 감싸, 먼 옛날의 사내인가 하고 나를 의심케 했다. 눈에 비치는 것이 보이지 않을 만큼 짙게 휘감기지는 않았으나, 얇은 비단을 한

---

1) 백낙천(白樂天, 772~846)은 중국 당나라의 시인. 시는 『장한가(長恨歌)』에 나오는 구절로 '온천수 기름진 몸을 매끄럽게 씻어주네.' 라는 뜻.

겹 찢으면 별 어려움도 없이 하계의 인간이라고 자신을 알아볼 수 있을 만큼 옅은 것도 아니었다. 한 겹 찢고 두 겹 찢고 몇 겹을 찢고 또 찢어도 이 자욱함 속에서는 나갈 수 없다는 듯, 사방에서 나 한 사람을 따뜻한 무지개 속에 묻어버렸다. 술에 취했다는 말은 있지만, 자욱함에 취했다는 말은 들어본 적이 없다. 그렇다면 연무(煙霧)에는 물론 쓸 수 없으리라. 연하(煙霞)에 쓰기에는 조금 강했다. 오로지 이 김에만, 그것도 앞에 봄밤이라는 글자가 붙을 때에만 비로소 타당함을 깨달았다.

나는 욕조의 턱에 천장을 향한 머리를 기대고 맑은 물속의 가벼운 몸을 가능한 한 저항력이 없는 부근까지 띄워보았다. 둥실둥실, 혼이 해파리처럼 떠 있었다. 세상도 이런 기분이 될 수 있다면 편할 터였다. 분별의 자물쇠를 열고 집착의 버팀목을 풀었다. 될 대로 되라지 하며 물속에서 물과 동화되어버렸다. 흐르는 것일수록 사는 데 고통은 생기지 않는다. 흐르는 것 속에 혼까지 흐르게 하면 그리스도의 제자가 된 것보다 더 고맙다. 그래, 이런 식으로 생각하자면 익사자는 풍류다. 스윈번[2]의 어떤 시에 여자가 물속에서 숨을 거두어 기뻐하는 느낌을 적은 것이 있었던 듯하다. 내가 평소부터 씁쓸히 생각하던 밀레이의 오필리아도 이렇게 관찰하면 꽤나 아름다워진다.

---

2) Algernon Charles Swinburne(1837~1909). 영국의 시인, 비평가. 분방하고 정열적인 표현과 운율미로 유명하다.

어째서 그처럼 불쾌한 장소를 선택한 것일까 하고 지금까지 이상히 여기고 있었으나, 그것은 역시 그림이 된다. 물에 뜬 채, 혹은 물에 잠긴 채, 혹은 잠기기도 하고 뜨기도 하면서, 그저 그 모습 그대로 괴로움 없이 흘러가는 모습은 틀림없이 미적이다. 그리고 양 기슭에 여러 가지 화초를 곁들이고 물빛과 흘러가는 사람의 얼굴빛과 의복의 빛깔을 차분하게 조화시킨다면 틀림없이 그림이 될 터였다. 그러나 흘러가는 사람의 표정이 완전히 평화롭기만 해서는 거의 신화나 비유가 되어버린다. 경련적인 고민은 물론 화폭 전체의 정신을 깨뜨리지만, 아무런 맛도 없는 예사로운 얼굴로는 사람의 마음을 움직일 수가 없다. 어떤 얼굴을 그려야 성공할 수 있을까? 밀레이의 오필리아는 성공했을지 모르겠으나, 그의 정신이 나와 같은 곳에 있는 것인지는 의심스러웠다. 밀레이는 밀레이, 나는 나이니, 나는 나의 마음이 가는 대로 하나의 정취 있는 익사자를 그리고 싶었다. 그러나 생각한 것 같은 얼굴은 그렇게 쉽게 마음에 떠오를 것 같지 않았다.

탕 속에 뜬 채, 이번에는 익사자에 대한 찬가를 만들어보았다.

비가 내리면 젖겠지.

서리가 내리면 춥겠지.

땅 속에서는 어둡겠지.

떠오르면 물결 위,

잠기면 물결 속,

　봄의 물이라면 고통은 없겠지.

라고 입 속에서 조그만 목소리로 읊으며 멍하니 떠 있자니
어딘가에서 뜯는 샤미센 소리가 들려왔다. '미술가라면서?' 누
군가 이렇게 말한다면 할 말은 없지만 사실 이 악기에 대한
나의 지식은 매우 어설픈 것이어서 두 번째 줄을 한 음 높이
뜯든 세 번째 줄을 한 음 낮게 뜯든 내 귀에는 그다지 영향을
준 적이 없었다. 그러나 조용한 봄밤에 비까지 흥을 돋우는
산골의 탕 속에서 혼까지 봄의 온천수에 띄워놓고 멀리서 울리
는 샤미센을 아무런 책임도 없이 듣는 것은 매우 기쁜 일이었다.
멀었기에 무엇을 부르는지, 무엇을 뜯는지는 물론 알 수 없었다.
거기에 어떤 정취가 있었다. 음색이 차분한 것으로 보아 간사이
(関西) 지방 맹인악사의 연주에서라도 들을 수 있는 굵직한
샤미센이 아닐까 싶기도 했다.

　어렸을 때 문 앞에 요로즈야(万屋)라는 술집이 있었는데 거기
에 오쿠라(御倉)라는 아가씨가 있었다. 그 오쿠라 씨는 조용한
봄의 정오가 지날 무렵이면 반드시 속요를 연습했다. 연습이
시작되면 나는 정원으로 나갔다. 10평 남짓의 차밭을 앞에 두고
소나무 세 그루가 객실 동쪽에 나란히 서 있었다. 이 소나무는
둘레가 1자나 되는 커다란 나무로, 흥미롭게도 세 그루가 하나가
되어서야 비로소 정취 있는 모습을 이루었다. 어린 마음에도

그 소나무를 보면 기분이 좋아졌다. 소나무 아래에 거뭇하게 녹슨 철제 등롱이 이름 모를 붉은 돌 위에 언제 보아도 고집스러운 벽창호 할아버지처럼 완고하게 앉아 있었다. 나는 그 등롱을 바라보는 것이 아주 좋았다. 등롱 앞뒤로는 이끼 두꺼운 땅을 뚫고 이름 모를 봄풀이 세상 풍파도 모른다는 듯 홀로 냄새를 피우며 홀로 즐기고 있었다. 나는 그 풀 속에 간신히 무릎을 넣을 수 있는 자리를 찾아내어 가만히 웅크리고 있는 것이 그 당시의 버릇이었다. 그 소나무 세 그루 아래서 그 등롱을 바라본 채 그 풀의 향기를 맡으며, 그렇게 오쿠라 씨의 속요를 멀리서 듣는 것이 당시의 일과였다.

오쿠라 씨는 벌써 새댁이라 불리던 시절조차 지나 꽤나 살림에 찌든 얼굴을 계산대 앞에 드러내고 있으리라. 남편과 사이는 좋은지 모르겠다. 제비는 매해 돌아와서 진흙을 문 부리로 분주하게 일을 하고 있는지 모르겠다. 제비와 술 냄새는 아무래도 상상 속에서 떼어낼 수가 없었다.

소나무 세 그루는 아직도 보기 좋은 모습을 간직하고 있을까? 철제 등롱은 틀림없이 벌써 부서졌으리라. 봄풀은 예전에 웅크리고 있던 사람을 기억하고 있을까? 당시에조차 말도 걸지 않고 지냈던 사람을 지금 알아볼 수 있을 리 없으리라. 오쿠라 씨가 '나그네의 옷은 가사의'라고 매일 불렀던 노랫소리도 설마 들은 적이 있다고는 말하지 않으리라.

샤미센 소리가 뜻밖의 파노라마를 내 눈앞에 펼쳐놓아 그리운 과거의 장면 앞에 서서 20년 전의 옛날에 살고 있는 철없는 꼬맹이가 되어버린 순간, 갑자기 목욕탕의 문이 활짝 열렸다.

누가 왔구나 하며 몸을 띄운 채 시선만을 입구 쪽으로 돌렸다. 욕조의 턱 가운데서도 입구에서 가장 먼 곳에 머리를 얹고 있었기에 욕조로 내려오는 계단은 2길쯤 거리를 두고 떨어진 곳에서 비스듬히 내 눈에 들어왔다. 그러나 위를 올려다보고 있는 나의 눈동자에는 아직 아무것도 비치지 않았다. 한동안 처마를 둘러싸고 빗물 떨어지는 소리만이 들려왔다. 샤미센은 어느 틈엔가 그쳐 있었다.

마침내 계단 위에 무엇인가가 나타났다. 널따란 목욕탕을 비추고 있는 것은 단지 천장에 매달아놓은 작은 램프 하나뿐이었기에 이 거리에서는 맑은 공기였다 할지라도 분명히 알아보기란 쉽지 않았으리라. 하물며 피어오르는 김이 자욱한 비에 짓눌려 달아날 곳을 잃은 오늘밤의 목욕탕에 서 있는 것이 누구인지는 애초부터 짐작하기가 쉽지 않았다. 한 단 내려오고 두 단 내려와서 내리쬐는 불빛을 온전히 받지 않는 한 남자든 여자든 말은 걸 수가 없었다.

검은 것이 한 걸음을 아래로 옮겼다. 밟고 있는 돌이 우단처럼 부드러운지, 발소리를 증거로 판단하자면 움직이지 않았다고 말해도 좋을 정도였다. 그러나 윤곽은 조금 떠올랐다. 나는 화공인 만큼 인체의 골격에 대해서는 의외로 시각이 예민했다. 정체를 알 수 없는 자가 한 단 움직였을 때, 나는 여자와 둘이서 이 목욕탕 안에 있다는 사실을 깨달았다.

주의를 주어야 하는 건지 말아야 하는 건지, 물에 뜬 채로 생각하고 있는 사이에 여자의 그림자는 거침없이 내 앞에 벌써 부터 모습을 드러냈다. 가득 넘쳐나고 있는 김이 각 알갱이마다 부드러운 광선을 품고 있어서 담홍색으로 따뜻하게 보이는 안쪽에 떠 있는 검은 머리를 구름인 양 드리운 채, 온몸을 늘씬하게 한껏 늘이고 있는 여자의 모습을 본 순간에는, 예의네 법도네 풍기네 하는 느낌은 나의 머릿속에서 깨끗이 떠났으며, 오로지 아름다운 화제를 찾아냈다고만 생각했다.

고대 그리스의 조각은 어떨지 모르겠으나 현세 프랑스의 화가가 목숨처럼 생각하는 나체화는, 볼 때마다 너무나도 노골적인 육체의 미를 극단까지 전부 묘사하려 하는 흔적이 생생하게 보여서 어딘가 기품이 결핍된 마음이 지금까지 나를 괴롭혔기에 견딜 수가 없었다. 그러나 그러한 때마다 그저 어딘가 천박하다고만 평했을 뿐, 어째서 천박한지는 알 수 없었기에 나도 모르게 답을 얻기 위해 번민하며 오늘에 이른 것이리라. 육체를 가리면 아름다운 것이 감춰져버린다. 감추지 않으면 천박해진다. 요즘 세상의 나체화는 그저 감추지 않는다는 천박함에만 기교를 두고 있지 않다. 옷을 빼앗긴 모습을 그대로 그리는 것만으로는 부족한 것인지, 어디까지고 알몸을 의관의 세계로 밀어내려 하고 있다. 옷을 입는 것이 인간의 일상적인 모습임을 잊고 알몸에 모든 권능을 부여하려 시도하고 있다. 열이면 충분한 것을 열둘까지도, 열다섯까지도, 어디까지고 밀고 나아가 오로지 나체라는 느낌만을 강하게 묘사해내려 하고 있다. 기교가 이처럼 극단에 이르면 사람들은 그 보는 자를 강요하는 것을 비천하다고 여긴다. 아름다운 것을 더욱 아름답게 하려고 조바심칠수록 아름다운 것은 그 정도가 오히려 떨어지는 것이 통례다. 사람의 일에 있어서도 차면 기운다는 속담은 바로 이러한 이치 때문이다.

　방심과 천진함은 여유를 나타낸다. 여유는 그림에 있어서, 시에 있어서, 혹은 글에 있어서 필수조건이다. 오늘날 예술의 가장 커다란 결함은 이른바 문명의 조류가 예술가를 마구 몰아붙여 구구하게 모든 면에서 악착스럽게 만들었다는 데 있다. 나체화가 그 좋은 예이리라. 도회에 게이샤(芸者)라는 자가 있다. 색을 팔고 사람들에게 교태를 부리는 것이 업이다. 그들은 유흥을 즐기기 위해 찾아온 손님을 대할 때 오로지 자신의 용모가 상대방의 눈동자에 어떻게 비칠까만을 고려하는 것 외에 아무런 표정도 발휘하지 못한다. 매해 보는 살롱3)의 목록은

---

3) 미술전람회를 말한다.

이 게이샤를 닮은 나체미인으로 가득 차 있다. 그들은 단 1초도 자신이 나체임을 잊지 못할 뿐만 아니라, 전신의 근육을 실룩여서 자신이 나체임을 보는 사람에게 드러내려 애를 쓰고 있다.

지금 내 면전에 낭창낭창 아름답게 나타난 모습에는, 이 속세의 때 묻은 눈을 가로막을 만한 실오라기 하나 두르고 있지 않았다. 사람이 일반적으로 입어야 할 의상을 벗어던진 모습이라고 말하면 이미 사람의 세계로 추락해버리고 만다. 처음부터 입어야 할 옷도, 흔들어야 할 소매도 있는 줄 모르는 먼 옛날 신이 다스리던 시절의 모습을 구름 속에 불러일으킨 것처럼 자연스러웠다.

욕실을 메운 김은 가득 매우고 난 뒤에도 쉴 새 없이 피어올랐다. 봄밤의 등을 반투명으로 흐릿하게 펼친 방 가득 무지개의 세계가 자욱하게 흔들리는 가운데, 몽롱하게 검은빛일까 여겨질 정도로 머리카락을 흐리며 순백의 모습이 구름 속에서부터 점차 떠오르고 있었다. 그 윤곽을 보라.

목덜미를 양쪽에서 가볍게 안쪽으로 조였다가 어려울 것도 없다는 듯 어깨 쪽으로 흘러내린 선이 풍성하게, 둥글게 꺾여 흘러나간 끝이 다섯 손가락으로 갈라지는 것이리라. 봉긋 떠오른 2개의 젖가슴 아래에서 잠시 물러났던 파도가 다시 미끈하게 세력을 회복하여 아랫배의 팽팽함을 편안히 보이게 해주었다. 팽팽한 기세를 뒤로 빼내 기세가 다하려는 부근에서 나뉜 몸이 평균을 유지하기 위해서 약간 앞으로 기울었다. 반대로 받은 무릎이 이때 다시 기세를 회복하고 길게 물결친 발꿈치에 이를 무렵, 평평한 발이 모든 갈등을 2개의 발바닥으로 간단히 처리했다. 세상에 이처럼 복잡한 배합도 없었다. 이처럼 통일된 배합도 없었다. 이처럼 자연스럽고, 이처럼 부드럽고, 이처럼 저항이 적고, 이처럼 꺼릴 것 없는 윤곽은 결코 찾아낼 수 없으리라.

게다가 그 모습은 일반적인 나체처럼 노골적으로 내 눈앞에 내밀어진 것이 아니었다. 모든 것을 아늑하게 바꾸어놓는 일종의 영기(靈気) 속에서 어렴풋이, 충분한 아름다움을 그윽하고 은근하게 내보이고 있을 뿐이었다. 먹을 듬뿍 찍어 힘차게 그린 산수화 가운데 편린을 찍어놓고 교룡의 기이함을 작품 밖에서 상상케 하는 것처럼, 예술적으로 보아 더할 나위 없는 분위기와 온기와 아득함을 갖추고 있었다. 육륙 삼십륙 개의 비늘을 정성껏 그린 용은 우스움으로 떨어지는 것이 사실이라면, 적나라한 육체를 노골적으로 보이지 않는 데에 마음이 끌리는 여운이 있다. 이 윤곽이 눈에 들어온 순간, 계수나무의 마을에서 달아난 달세계의 상아[4]가 무지개에게 쫓기다 둘러싸여 잠시 망설이고 있는 모습처럼 보였다.

윤곽이 점차 하얗게 떠올랐다. 이제 한 발만 더 앞으로 내밀면

---

4) 嫦娥 달 속에 있다는 전설 속의 선녀로 불사의 약을 훔쳐 먹었기에 달의 정령이 되었다고 한다.

기껏 모습을 드러낸 상아도 속계로 타락해버리고 말 거야, 라고 생각한 찰나, 푸른 머리카락이 파도를 가르는 영구[5]의 꼬리처럼 바람을 일으키더니 휙 휘날렸다. 소용돌이치는 연기를 찢으며 하얀 모습이 계단을 뛰어올랐다. 호호호호 하고 날카롭게 웃는 여자의 목소리가 복도에 울리며 고요한 목욕탕을 점차 맞은편으로 멀어져갔다. 나는 꿀꺽 물을 삼킨 채 욕조 안에서 벌떡 일어났다. 놀란 물결이 가슴에 닿았다. 턱을 넘는 물소리가 쏴아쏴아 울렸다.

---

5) 靈龜. 신비한 힘을 지녔으며 만 년을 산다는 거북. 꼬리에 털이 났다.

8

　차를 대접받았다. 함께 자리한 손님은 스님 한 분, 간카이지 절의 스님으로 이름은 다이테쓰라고 했다. 그리고 속세의 사람 하나, 스물네다섯쯤의 젊은 사내였다.

　노인의 방은 내가 묵고 있는 방에서 오른쪽으로 끝까지 가서 왼쪽으로 꺾어진 막다른 곳에 있었다. 크기는 6첩쯤 되리라. 자단으로 만든 커다란 책상을 한가운데 놓았기에 생각했던 것보다는 갑갑했다. 앉으라며 가리킨 자리를 보니 방석 대신 꽃무늬 양탄자가 깔려 있었다. 물론 중국물건이리라. 한가운데를 육각형으로 구분해놓고 묘한 집과 묘한 버드나무를 짜넣었다. 주위는 쇳빛에 가까운 남색이고 네 귀퉁이에 당초무늬로 장식한 갈색 테두리를 염색해놓았다. 중국에서도 이것을 앉는 자리에 까는 용도로 썼는지는 모르겠으나 이렇게 방석 대용으로 해놓고 보니 매우 재미있었다. 인도의 사라사나 페르시아의 벽걸이라고 불리는 것이 약간 어설픈 데 가치가 있는 것처럼 이 꽃무늬 양탄자도 곰상스럽지 않다는 데 정취가 있었다. 꽃무늬 양탄자만이 아니다. 모든 중국의 기구는 하나같이 어설프다. 아무리 봐도 얼간이 같고 한가롭기 짝이 없는 인종이 발명한 것이라고밖에 받아들여지지 않는다. 보고 있으면 멍해진다는 점이 소중하다. 일본은 소매치기와도 같은 태도로 미술품을 만든다. 서양은 크고 섬세하며, 또 어디까지고 속세의 냄새를 떨쳐내지 못한다. 우선은 이렇게 생각하며 자리에 앉았다. 젊은 사내는 나와 나란히 앉아 꽃무늬 양탄자의 절반을 점령하고 있었다.

스님은 호랑이 가죽 위에 앉아 있었다. 호랑이 가죽의 꼬리는 내 무릎 옆을 지나고 있었으며, 머리는 노인의 엉덩이 아래에 깔려 있었다. 노인은 머리의 털을 전부 뽑아서 뺨과 턱에 이식한 것처럼 하얀 수염을 덥수룩하게 길렀는데 잔받침에 올려져 있던 찻잔을 정성스럽게 책상 위에 늘어놓았다.

"오늘은 저희 집에 오랜만에 손님이 오셔서 차를 올릴까 싶어……."하며 스님 쪽을 바라보자,

"이거 사람까지 보내주시고, 감사합니다. 나도 한동안 소식을 듣지 못했기에 오늘쯤 와볼까 하던 참이었습니다."라고 말했다. 이 스님은 예순 가까이, 둥근 얼굴에 달마를 초서체로 부드럽게 흘려놓은 것 같은 용모를 가지고 있었다. 노인과는 평소 절친한 사이로 보였다.

"이분이 손님이신가?"

노인이 고개를 끄덕이며 붉은빛 자기로 된 주전자에서 초록빛을 머금은 호박색 차를 두어 방울씩 찻잔 바닥에 떨어뜨렸다. 맑은 향기가 희미하게 코를 찌르는 듯한 기분이 들었다.

"이런 시골에서 혼자서는 적적하시지요?"라고 스님이 바로 내게 말을 걸었다.

"아, 그게."하고 이렇다고도 저렇다고도 분명하지 않은 대답을 했다. 적적하다고 하면 거짓말이 되었다. 적적하지 않다고 하면 긴 설명이 필요했다.

"모르시는 말씀이십니다, 스님. 이분은 그림을 그리러 오셨기에 오히려 바쁘실 정도입니다."

"오오, 그러신가. 그거 다행이군. 역시 남종파[1]신가?"

"아닙니다."라고 이번에는 대답했다. 서양화라고 해봐야 이 스님은 이해하지 못하리라.

"아니, 예의 서양화입니다."라고 노인이 주인의 역할에 따라 다시 절반쯤 대답을 맡아주었다.

"아하, 양화로군. 그렇다면 규이치(久一) 씨가 하시는 것 같은 그것인가? 그건 나도 얼마 전에 처음 보았소만, 꽤나 아름답게 그리셨더군."

---

1) 南宗派. 남송파. 당나라 왕유를 시조로 하는 수묵화의 일파로 문인화라고도 한다.

"아니요, 보잘 것 없습니다."하고 젊은 남자가 이때 비로소 입을 열었다.

"네 그림을 스님께 보여드렸단 말이냐?"라고 노인이 젊은 남자에게 물었다. 말투로 보나 태도로 보나 아무래도 친척 같았다.

"아니, 보여드린 게 아니라 가가미가이케(鏡が池)에서 사생을 하고 있는 모습을 스님께서 보신 것입니다."

"흠, 그랬냐. 자, 차를 따랐으니, 한잔."하며 노인이 찻잔을 각 사람 앞에 놓았다. 차의 양은 서너 방울밖에 되지 않았으나 찻잔은 아주 컸다. 남회색 바탕에 적갈색과 연노랑으로 그림인지 무늬인지 귀면(鬼面)을 그리려 했던 것인지, 얼핏 짐작하기 어려운 것이 서툴게 그려져 있었다.

"모쿠베에2)입니다."하고 노인이 간단히 설명했다.

"이거 재미있네요."라고 나도 간단히 칭찬했다.

"모쿠베에는 아무래도 위작이 많아서……. 그 실굽을 좀 보십시오. 명문이 있으니."라고 말했다.

들어 장지 쪽으로 향해 바라보았다. 장지에는 화분에 심은 엽란의 그림자가 따뜻하게 비쳐 있었다. 고개를 꺾어 들여다보니 '모쿠(杢)'라는 글자가 조그맣게 보였다. 감상을 하는 데

---

2) 杢兵衛. 아오키 모쿠베이(青木木米, 1767~1833). 에도 말기 교토의 도공.

있어서 명문은 그렇게 중요하다고는 생각지 않으나 호사가는 여기에 매우 신경을 쓴다고 한다. 찻잔을 아래에 내려놓지 않고 그대로 입에 댔다. 짙고 달콤하고 따뜻하게 우린 묵직한 이슬을 혀끝에 한 방울씩 떨어뜨려 맛보는 것은 한가로운 사람의 마음에 맞는 풍류다. 보통 사람들은 차를 마시는 것이라고 알고 있으나, 그건 잘못 알고 있는 것이다. 혀끝에 톡 얹어놓고 맑은 것이 사방으로 흩어지면 목구멍으로 넘어갈 액체는 거의 없다. 단지 그윽한 향기가 식도를 타고 위 속으로 스며들 뿐이다. 이를 쓰는 것은 천박하다. 물은 너무나도 가볍다. 옥로(玉露)는 진하기가 담수(淡水)의 경지에서 벗어났으며, 턱을 피곤하게 할 정도의 단단함은 알지 못한다. 좋은 음료다. 잠들지 못한다고 호소하는 자가 있다면, 잠들지 못하는 데에도 차를 써보라고 권하고 싶다.

노인은 어느 틈엔가 청옥3)으로 만든 과자접시를 꺼냈다. 커다란 덩어리를 저렇게까지 얇고 저렇게까지 균일하게 도려낸 장인의 솜씨는 놀라운 것이라고 생각했다. 빛에 비춰보니 봄의 햇살이 가득 비쳐들고, 비쳐든 채로 빠져나갈 길을 잃은 듯한 느낌이었다. 안에는 아무것도 담지 않는 것이 좋을 듯했다.

"손님께서 청자를 칭찬하셨기에 오늘은 잠깐 보여드릴까

---

3) 사파이어.

싶어 꺼내두었습니다."

"어느 청자를…… 음, 그 과자그릇 말씀이신가? 그건 나도
좋아하지. 그런데 서양화로는 맹장지에 그림을 그릴 수 없나요?
그릴 수 있다면 한번 청하고 싶은데."

그려달라고 하면 못 그릴 것도 없었으나, 이 스님의 마음에
들지 안 들지 알 수 없는 일이었다. 기껏 애를 썼는데 서양화는
안 되겠다는 말을 들어서는 애쓴 보람도 없으리라.

"맹장지에는 어울리지 않을 듯합니다."

"어울리지 않으려나. 허긴, 지난번에 본 규이치 씨의 그림
같아서야 조금 화려할지도 모르겠군."

"제 그림은 틀렸습니다. 그건 그냥 장난에 불과합니다."라고
젊은 남자는 자꾸만 부끄러워하며 겸손했다.

"그 뭐였더라, 연못은 어디에 있습니까?"라고 내가 젊은 남자
에게 혹시나 싶어 물어보았다.

"간카이지 뒤편 계곡에 있는데 약간 조용하고 그윽한 곳입니
다. 그냥 학교에 다닐 때 배웠기에 심심풀이로 그려본 것일
뿐입니다."

"간카이지라면……."

"간카이지란 제가 있는 곳입니다. 좋은 곳입니다, 바다를
한눈에 내려다볼 수 있어서. 체류 중에 한번 와보시지요. 아니,
여기서부터는 겨우 5, 6정밖에 되지 않습니다. 저 마루에서,

저쪽으로 절의 돌계단이 보이지 않습니까?"

"언제 한번 찾아봬도 괜찮겠습니까?"

"괜찮고말고, 언제든 자리에 있습니다. 이 댁의 따님도 자주 오십니다. 그러고 보니 오늘은 오나미4) 씨가 안 보이시는 듯한데……, 무슨 일이 있으십니까, 큰나리."

"어디에 나간 걸까? 규이치 네가 있는 곳에 가지는 않았느냐?"

"네, 오지 않았습니다."

"또 혼자 산책을 나가신 모양이군. 하하하하. 오나미 씨는 다리가 아주 튼튼합니다. 지난번에는 절의 일로 도나미(砺並)까지 갔었는데 스가타미바시(姿見橋) 다리 부근에서, 정말 똑같이 생겼구나 싶더라니, 오나미 씨였습니다. 엉덩이 쪽 옷깃을 허리띠에 지르고 조리5)를 신은 채 '스님, 그렇게 우물쭈물 어디에 가시는 거예요?'라고 갑자기 말해서 깜짝 놀랐었습니다. 하하하하. '너는 그런 차림으로 대체 어디에 갔던 게냐?'라고 물었더니, '지금 미나리를 뜯으러 갔다 돌아가는 길이에요. 스님, 조금 드릴까요.'라며 다짜고짜 내 소맷자락에 흙투성이 미나리를 쑤셔넣어서, 하하하하하."

"이거 참……."하며 노인은 쓴웃음을 짓다가, 갑자기 일어나

---

4) 御那美. 이름은 나미. 이름 앞의 '오'는 여자의 이름 앞에 붙여 존경 · 친근함을 나타낸다.
5) 草履. 샌들처럼 생긴 신. 지푸라기, 골풀, 대나무 껍질 등으로 만든다.

서, "실은 이걸 보여드릴 생각으로."하고 이야기를 다시 기물 쪽으로 돌렸다.

노인이 자단으로 짠 책꽂이에서 정중하게 내린 낡은 주머니는 무늬가 들어간 단자로 만든 것이었는데, 뭔가 묵직하게 느껴졌다.

"스님, 스님께는 보여드린 적이 있었나요?"

"대체 뭡니까?"

"벼루입니다."

"오호, 어떤 벼루인가요?"

"산요6)가 애장했다는……."

"아니, 그건 아직 보지 못했습니다."

"슌스이7)가 따로 마련한 뚜껑이 딸린……."

"그건 아직 못 본 듯합니다. 어디, 어디."

노인이 조심스럽게 단자 주머니의 아가리를 풀자 팥색의 네모난 돌이 모서리를 얼핏 내밀었다.

"좋은 빛깔이군. 단계8)인가요?"

"단계로 구욕안9)이 9개 있습니다."

---

6) 라이 산요(賴山陽, 1780~1832). 에도 말기의 유학자. 교토에 살며 저술에 전념했다. 시화로도 유명하다.

7) 라이 슌스이(賴春水, 1746~1816). 에도 말기의 유학자로 산요의 아버지. 시문에 능했다.

8) 端溪. 중국 광동성 단계에서 난 벼룻돌로 만든 벼루. 명품으로 취급받았다.

"9개?"라며 스님은 크게 감탄한 모양이었다.

"이것이 슌스이가 따로 마련한 뚜껑입니다."라며 노인이 고운 비단을 바른 얇은 뚜껑을 보여주었다. 위에 슌스이의 글씨로 칠언절구가 적혀 있었다.

"과연. 슌스이는 잘 씁니다. 잘 쓰기는 합니다만, 서(書)는 교헤이10)가 낫습니다."

"역시 교헤이가 나은가요?"

"산요가 가장 떨어지는 듯합니다. 아무래도 재간을 부리고 속기가 있어서 조금도 마음에 들지 않습니다."

"하하하하. 스님께서 산요를 싫어하시기에, 오늘은 산요의 족자를 다른 것으로 바꿔두었습니다."

"그렇습니까?"하며 스님은 뒤를 돌아보았다. 장식공간 바닥의 널빤지를 거울처럼 닦아놓았으며 녹슨 기운이 배어나온 고동기11) 병에는 백목련을 2자 높이로 꽂아놓았다. 족자는 은근한 빛이 있는 오래된 비단에 고민한 흔적이 보이는 장정을 한 부쓰 소라이12)의 커다란 족자였다. 비단에 쓴 것은 아니었으

---

9) 鴝鵒眼. 구관조 눈 모양의 반점. 벼루에 이것이 많을수록 명품으로 취급되었다.

10) 라이 교헤이(賴杏坪, 1756~1834). 에도 말기의 유학자로 슌스이의 동생. 조카인 산요의 교육에 진력했다고 한다.

11) 古銅器. 고대 중국에서 주조된 구리그릇이나 후세에 그 양식을 모방하여 주조한 것을 한꺼번에 이르는 말. 화병이나 다도의 도구로 쓴다.

12) 物徂徠. 오규 소라이(荻生徂徠, 1666~1728). 에도 중기의 유학자. 시

나 얼마간의 세월이 묻어서 글씨의 교졸(巧拙)과는 상관없이 종이의 색이 주위의 천과 조화를 이루고 있는 것처럼 보였다. 오래된 비단도 처음 짰을 때는 저만큼의 그윽함은 없었을 테지만, 빛깔이 바래고 금실이 차분해지고 화려한 맛이 가라앉고 은근한 맛이 배어나와서 저렇게 좋은 상태가 된 것이라 여겨졌다. 암갈색 흙을 바른 벽에 족자의 하얀 상아가 양쪽으로 눈에 띄게 뻗어 있고, 그 앞에 예의 백목련이 둥실 떠 있는 것 외에 장식공간 전체의 정취는 지나치게 차분해서 오히려 음울했다.

"소라이인가?"하고 스님이 고개를 돌린 채 말했다.

"소라이도 썩 좋아하시지는 않을지 모르겠으나, 산요보다는 낫지 않을까 싶어서."

"그야 소라이가 훨씬 더 낫지요. 교호[13] 무렵의 학자들이 쓴 글씨는 서툰 것이라 할지라도 어딘가 기품이 있습니다."

"고타쿠[14]를 일본의 능서(能書)라고 한다면 나는 곧 중국의 졸필이라고 말한 것이 소라이였지요, 스님?"

"나는 모르겠습니다. 그렇게 뽐낼 정도의 글씨도 아니고, 와하하하하."

"그런데 스님은 누구를 배우셨습니까?"

문에도 능했다.
13) 享保. 일본의 연호로 1716~1736년.
14) 호소이 고타쿠(細井広沢, 1658~1735). 에도 중기의 유학자. 천문 · 병법에도 통달했다.

"나 말이요? 선승은 책도 읽지 않고 글씨 연습도 하지 않는지라."

"그래도 누군가를 배우셨겠지요."

"젊었을 때 고센의 글씨를 조금 연습한 적이 있었습니다. 그게 전부입니다. 그래도 누군가 부탁을 하면 늘 씁니다. 와하하하하. 그건 그렇고 그 단계를 한번 보여주십시오."라고 스님이 재촉했다.

마침내 단자 주머니를 벗겨냈다. 모두의 시선이 전부 벼루 위로 쏟아졌다. 두께가 거의 2치 가까이 되니 일반적인 벼루보다 2배는 되리라. 4치에 6치인 폭과 길이는 우선 평범한 것이라 해도 좋을 듯했다. 뚜껑으로는 비늘 쪽에 광택을 낸 소나무 껍질을 그대로 쓰고 있었는데 그 위에 붉은색 옻으로 정체를 알 수 없는 서체가 두 글자쯤 적혀 있었다.

"이 뚜껑은,"하고 노인이 말했다. "이 뚜껑은 보통 뚜껑이 아닙니다. 보시는 것처럼 소나무 껍질임에는 틀림이 없지만……."

노인의 눈은 나를 향하고 있었다. 그러나 소나무 껍질 뚜껑에 어떤 사연이 있든 화공인 나로서는 그다지 감탄을 할 수 없었기에,

"소나무 뚜껑은 조금 속된 듯합니다."

라고 말했다. 노인은 들어보라고 말하기라도 하듯 손을 들고,

"그냥 소나무 뚜껑이라고만 하면 속될지도 모르겠지만, 이건 그겁니다. 산요가 히로시마(広島)에 있을 때 정원에서 자라고 있던 소나무의 껍질을 벗겨 산요가 손수 제작한 겁니다."

과연 산요는 속된 사내로구나 싶어,

"어차피 자신이 만들 바에는 좀 더 거칠게 만들 수도 있지 않았나 싶습니다. 애써 이 비늘 쪽을 번쩍번쩍 광이 나게 하지 않아도 됐을 텐데."하고 조심스럽지 못한 말을 해버렸다.

"와하하하하. 그렇습니다, 이 뚜껑은 너무 싸구려 같습니다." 라고 스님도 곧 나의 말에 동조했다.

젊은 남자가 딱하게 됐다는 듯 노인의 얼굴을 보았다. 노인이 심기가 약간 상했다는 듯한 태도로 뚜껑을 열었다. 밑에서 벼루가 드디어 정체를 드러냈다.

만약 이 벼루에 눈을 둥그렇게 떠야 할 만한 특이한 점이 있다면, 그 표면에 나타난 장인의 조각이리라. 한가운데에 회중시계 정도의 둥근 부분을 테두리와 어슷비슷한 높이로 파서 남겨놓았는데 그것이 거미의 등을 형성하고 있었다. 중앙에서 사방으로 8개의 다리가 완만하게 뻗어 있고 그 끝이 각각 구욱안을 품고 있었다. 남은 1개는 등의 한가운데 노란 즙을 떨어뜨려 스며들게 한 것처럼 보였다. 등과 다리와 테두리를 남겨두고 나머지 부분은 1치 남짓의 깊이로 파놓았다. 먹물을 담는 곳이 설마 이 참호의 바닥은 아니리라. 설사 1홉의 물을 붓는다 해도 이 깊이를 채우기에는 부족하리라. 짐작컨대 수우15) 안에서 한 방울 물을 은국자로 떠서 거미의 등에 떨어뜨린 것을 귀한 먹으로 가는 것이리라. 그것이 아니라면 이름은 벼루라도 사실은 순전히 문방용 장식품에 지나지 않으리라.

침이 흘러내릴 것 같은 입모양으로 노인이 말했다.

"이 빛깔과 이 눈을 보십시오."

아니나 다를까 보면 볼수록 좋은 색이었다. 싸늘하게 윤택을 띤 표면 위에 호 입김을 불어넣으면 곧 굳어서 한 무리 구름이 일 것처럼 여겨졌다. 특히 놀라운 것은 눈의 색이었다. 눈의 색이라기보다는 눈과 바탕이 맞닿은 곳이 점차 색을 바꾸어 언제 바뀌었는지 내 눈이 속았음을 거의 알아채지 못한다는 데 있었다. 형용을 해보자면 자줏빛 양갱 안으로 강낭콩을 비춰보는 정도의 깊이에 박힌 것 같았다. 눈은 1개, 2개만 해도 매우 귀히 여긴다. 9개라면 거의 유례가 없을 것이다. 게다가 그 9개가 정연하게 같은 거리에 배치되어 있어서 마치 사람이 빚어 만든 것 아닐까 착각을 할 정도이니 천하일품이라고 인정하지 않을 수 없었다.

"과연 좋습니다. 보고 있으면 기분이 좋아지는 것만이 아닙니다. 이렇게 만져보아도 유쾌해집니다."라고 말하며 나는 옆의

---

15) 水盂. 연적의 오래 전 형태를 말한다. 작은 국자 모양의 물건으로 물을 뜬다.

젊은 남자에게 벼루를 건네주었다.

"규이치도 그런 걸 이해할 수 있겠느냐?"라고 노인이 웃으며 물어보았다. 규이치 군은 약간 화가 난 모양으로,

"이해할 리 없습니다."라고 내팽개치듯 말했으나, 이해하지 못하는 벼루를 자기 앞에 두고 바라보아서는 미안하다는 사실을 깨달았는지, 다시 집어서 내게 돌려주었다. 나는 다시 한 번 주의 깊게 쓰다듬어본 뒤 마침내 그것을 선사님께 공손히 돌려주었다. 선사님은 손바닥 위에서 차분히 들여다보다가 그것만으로는 부족하다는 듯 회색 무명옷의 소매를 거미의 등에 대고 힘껏 문질러 그 광택이 나는 모습을 열심히 감상했다.

"큰나리, 아무리 봐도 이 색이 참으로 좋습니다. 사용해보신 적이 있으신가요?"

"아니요. 함부로 쓰고 싶지 않아서, 아직 산 그대로입니다."

"그렇겠지요. 이런 물건은 중국에서도 귀하겠지요, 큰나리."

"그렇겠지요."

"나도 하나 갖고 싶군. 괜찮으시다면 규이치 씨께 부탁해볼까? 어떠신가, 사다주시겠는가?"

"헤헤헤헤. 벼루는 찾기도 전에 죽어버릴 것 같습니다."

"정말 벼루가 문제가 아니겠군. 그런데 언제 출발하시는가?"

"이삼일 안에 출발합니다."

"큰나리. 요시다(吉田)까지 배웅을 나가주시지요."

"평소 같았으면 나이도 먹고 했기에 그냥 두었겠지만, 어쩌면 더는 못 볼지도 모르니 배웅을 나가야겠다고 생각하고 있습니다."

"큰아버지는 배웅을 나오지 않으셔도 됩니다."

젊은 남자는 이 노인의 조카인 듯했다. 그래, 어딘가 닮았다.

"아니, 배웅을 해달라고 하시게. 거룻배로 강을 타고 가면 수월하니. 그렇지요, 큰나리?"

"예, 산을 넘기는 어렵지만 돌아가는 길이라도 배라면……."

젊은 남자는 이번에는 특별히 사양도 하지 않았다. 그저 입을 다물고 있었다.

"중국으로 가십니까?"라고 내가 슬쩍 물어보았다.

"네에."

네에라는 두 글자로는 조금 부족했으나 더 이상 꼬치꼬치 캐물을 필요도 없었기에 그만두었다. 장지문을 보니 난의 그림 자가 위치를 조금 바꾸었다.

"그게 말입니다. 역시 이번 전쟁으로……, 이 아이가 원래 지원병으로 있었기에, 그래서 소집이 되어."

노인이 당사자 대신 만주 벌판으로 곧 출정해야 할 이 청년의 운명을 내게 들려주었다. 이 꿈과 같은, 시와 같은 봄의 마을에 우는 것은 새, 떨어지는 것은 꽃, 솟아오르는 것은 온천이라고만 생각하고 있던 것은 착각이었다. 현실세계는 산을 넘고 바다를 넘어, 헤이케16)의 후예들만이 오래도록 살아온 외진 마을에까지 들이닥쳤다. 중국 북방의 광야를 물들일 피 가운데 몇 만분의 일쯤이 이 청년의 동맥에서 뿜어져나올 때가 올지도 몰랐다. 이 청년이 허리에 찬 장검 끝에서 핏줄기가 솟아오를지도 몰랐다. 그리고 그 청년은 꿈꾸는 것 외에 그 어떤 가치도 인생에서 인정하지 못하는 일개 화공 옆에 앉아 있었다. 귀를 기울이면 그의 가슴에서 뛰는 심장의 고동까지 들을 수 있을 만큼 가까이에 앉아 있었다. 그 고동 속에서는 천리 평야를 휘감을 높다란 물결이 지금 벌써 울리고 있을지도 몰랐다. 운명은 이 두 사람을 홀연 한 방에서 만나게 했을 뿐, 그 외에는 아무런 말도 들려주지 않았다.

---

16) 平家. 권력을 놓고 겐페이(源平) 전투(1180~1185)에서 겐케(源家)와 다투어 패했다.

9

"공부하세요?"라고 여자가 말했다. 방으로 돌아온 나는 삼각 의자에 묶었던 책 가운데 한 권을 꺼내 읽고 있었다.

"들어오세요. 조금도 신경 쓰지 마시고."

여자는 망설이는 기색도 없이 성큼성큼 들어왔다. 수수한 장식용 깃 속으로 보기 좋은 목의 색이 선명하게 드러나 있었다. 여자가 내 앞에 앉았을 때 이 목과 이 장식용 깃의 대조가 가장 먼저 눈에 띄었다.

"서양의 책인가요? 어려운 내용이 적혀 있지요?"

"아니요."

"그럼 무엇이 적혀 있나요?"

"글쎄요. 사실은 저도 잘 모르겠습니다."

"호호호호. 그래서 공부가 되겠어요?"

"공부가 아닙니다. 그냥 책상 위에 이렇게 펼쳐놓고, 펼쳐진 부분을 적당히 읽는 겁니다."

"그게 재미있나요?"

"그게 재미있습니다."

"어째서?"

"어째서, 라니. 소설 같은 건 그렇게 읽는 게 재미있습니다."

"정말 이상한 분이시네요."

"네, 조금 이상합니다."

"처음부터 읽으면 어째서 좋지 않다는 거죠?"

"처음부터 읽어야만 한다면, 끝까지 읽어야만 한다는 말이 되잖아요."

"묘한 논리도 다 있네요. 끝까지 읽어서 안 될 건 없잖아요."

"물론 안 될 건 없습니다. 줄거리를 읽을 마음이라면 저 역시도 그렇게 합니다."

"줄거리를 읽지 않으면 무엇을 읽나요? 줄거리 외에 뭐 읽을 거라도 있나요?"

나는 역시 여자라고 생각했다. 약간 시험해보고 싶은 마음이 들었다.

"당신은 소설을 좋아하시나요?"

"저요?"라며 말을 끊었던 여자가 뒤이어, "글쎄요."라고 분명하지 않은 대답을 했다. 그다지 좋아하는 것 같지도 않았다.

"좋아하는지, 싫어하는지 당신도 모르시는 것 아닙니까?"

"소설 같은 건 읽든 읽지 않든……."

이라며 눈 속에서는 소설의 존재를 전혀 인정하지 않고 있었다.

"그럼 처음부터 읽든 끝에서부터 읽든 적당한 곳을 적당히 읽든 상관없지 않나요? 당신처럼 그렇게 이상하게 생각할 필요도 없을 겁니다."

"하지만 당신과 저는 다르잖아요."

"뭐가?"라며 나는 여자의 눈 속을 바라보았다. 시험을 해보는 건 바로 지금이라고 생각했으나 여자의 눈동자는 조금도 움직이지 않았다.

"호호호호, 모르시겠어요?"

"그래도 젊으셨을 때는 꽤 읽으셨겠지요?" 나는 외길로 밀어붙이기를 그만두고 살짝 뒷길로 돌아들었다.

"지금도 젊은 줄 알았는데. 가엾기도 하지." 날려보낸 매가 또 엉뚱한 곳으로 날기 시작했다. 조금도 방심할 수 없었다.

"남자 앞에서 그런 말을 할 수 있다는 건 벌써 늙은이라는 뜻입니다."라고 간신히 불러들였다.

"그렇게 말씀하시는 당신도 꽤 늙은이 아니신가요? 그렇게 나이를 먹어서도 역시 사랑에 푹 빠졌다는 둥, 여드름이 났다는 둥, 하는 얘기가 재미있으신가요?"

"네, 재미있습니다. 죽을 때까지 재미있을 겁니다."

"어머, 그래요? 그래서 화공이 되신 거군요."

"맞습니다. 화공이기에 소설 같은 걸 처음부터 끝까지 읽을 필요는 없습니다. 하지만 어디를 읽어도 재미있습니다. 당신과 이야기를 나누는 것도 재미있습니다. 여기에 묵는 동안에는 매일 이야기를 나누고 싶을 정도입니다. 경우에 따라서는 당신에게 반해도 상관없습니다. 그러면 더 재미있을 겁니다. 그러나 아무리 반해도 당신과 부부가 될 필요는 없습니다. 반해서 부부가 될 필요가 있을 때 소설을 처음부터 끝까지 읽을 필요가 있는 겁니다."

"그렇다면 몰인정하게 반하는 것이 화공이네요."

"몰인정이 아닙니다. 비인정하게 반하는 겁니다. 소설도 비인정으로 읽기에 줄거리 따위 아무래도 상관없는 겁니다. 이렇게 제비를 뽑듯 휙 펼쳐서, 펼쳐진 곳을 건성건성 읽는 것이 재미있는 겁니다."

"그거 재미있을 것 같네요. 그럼 당신이 지금 읽고 있는 곳을 조금 이야기해주세요. 어떤 재미있는 것이 나오는지 들어보고 싶어요."

"이야기로 해서는 안 됩니다. 그림도 이야기로 해서는 한 푼의 가치도 없어지고 말지 않습니까?"

"호호호, 그럼 읽어주세요."

"영어로요?"

"아니요, 일본어로."

"영어를 일본어로 읽는 건 힘든데."

"좋잖아요, 비인정이어서."

이것도 흥미롭겠다 싶었기에 나는 여자의 청에 응해서 예의 책을 띄엄띄엄 일본어로 읽기 시작했다. 만약 세상에 비인정한 읽기가 있다면 바로 이것이리라. 듣는 여자도 애초부터 비인정으로 듣고 있었다.

"연정의 바람이 여자에게서 불었다. 목소리에서, 눈에서, 살갗에서 불었다. 남자의 부축을 받으며 뱃머리로 가는 여자는 저물녘의 베니스를 바라보기 위함인지. 부축한 남자는 자신의 맥박에 번개와 같은 피를 달리게 하기 위함인지[1]. —비인정이기 때문에 어설픕니다. 여기저기 빼먹을지도 모릅니다."

"아무렴 어때요? 필요하다면 더하셔도 상관없어요."

"여자는 남자와 나란히 뱃전에 기댔다. 두 사람의 거리는 바람에 날리는 리본의 폭보다도 좁았다. 여자는 남자와 함께 베니스에게 작별을 고했다. 베니스인 도지[2]의 궁전은 두 번째 일몰처럼 불그스름하게 사라져갔다. ……."

"도지가 뭔가요?"

"뭐든 상관없습니다. 옛날에 베니스를 지배하던 사람의 이름 입니다. 몇 대나 계속되었을까요? 그 궁전이 지금도 베니스에

---

1) 영국의 소설가인 메러디스(Gerage Meredith, 1828~1909)의 『뷰챔프의 일생』 가운데 한 구절. 영국 명문가 출신의 젊은 해군사관과 프랑스 소녀의 슬픈 사랑을 그린 소설이다.
2) Doge. 고대 베니스 공화국을 통치하던 자에 대한 호칭.

남아 있습니다."

"그런데 그 남자와 여자라는 건 누구를 말하는 건가요?"

"누구인지는 저도 모릅니다. 그렇기에 재미있는 겁니다. 지금까지의 관계 같은 건 아무래도 상관없습니다. 그저 당신과 나처럼 이렇게 같이 있는 것으로, 그 장면만의 재미가 있지 않습니까?"

"그런 건가요? 왠지 배 안에 있는 거 같네요."

"배든 언덕이든 적혀 있는 대로면 됩니다. 왜냐고 묻기 시작하면 탐정이 되어버립니다."

"호호호호, 그럼 묻지 않을게요."

"보통의 소설은 전부 탐정이 발명한 겁니다. 비인정한 부분이 없기에 정취가 조금도 없습니다."

"그럼 비인정을 계속해서 들어볼게요. 그래서요?"

"베니스는 잠기고 또 잠겨서 하늘에 그려진 단 한 줄기 옅은 선이 되었다. 선이 끊어졌다. 끊어져 점이 되었다. 단백석 같은 하늘 속에 둥근 기둥이 군데군데 생겼다. 마침내는 가장 높이 솟아 있던 종루가 잠겼다. 잠겼다고 여자가 말했다. 베니스를 떠나는 여자의 마음은 하늘을 지나는 바람처럼 자유로웠다. 그러나 모습을 감추어버린 베니스는 다시 돌아와야 할 여자의 마음에 고삐와도 같은 고통을 주었다. 남자와 여자는 어두운 만으로 시선을 주었다. 별이 점점 숫자를 더했다. 부드럽게 흔들리는 바다는 거품을 일으키지 않았다. 남자가 여자의 손을 쥐었다. 소리를 그치지 않는 현(弦)을 쥔 느낌이었다. ……."

"그렇게 비인정인 것 같지도 않네요."

"아니요, 그게 비인정적으로 들리는 겁니다. 그래도 싫증이 나셨다면 조금 생략할까요?"

"아니, 저는 괜찮아요."

"나는 당신보다 더 괜찮습니다. ……그 다음, 음, 조금 어려워지기 시작했군. 영 번역하기……, 아니 읽기 어려워."

"읽기 어려우면 생략하세요."

"네, 대충할게요. '오늘 하룻밤.'이라고 여자가 말했다. '하룻밤?'이라고 남자가 물었다. '하루라고 한정짓는 건 매정하네요, 몇 밤을 거듭해야만.'하고 말했다."

"여자가 말한 건가요, 남자가 말한 건가요?"

"남자가 말한 겁니다. 이건, 여자가 베니스로 돌아가고 싶어하지 않잖아요. 그래서 남자가 달래주려고 하는 말입니다. —한밤중의 갑판에 돛을 묶은 밧줄을 베고 누워 있는 남자의 기억에서 그 순간, 뜨거운 한 방울의 피와도 닮은 순간, 여자의 손을 꼭 쥔 순간이 커다란 파도처럼 흔들렸다. 남자는 검은 밤을 올려다보며 강요받은 결혼의 늪에서 여자를 반드시 구해내겠다고 마음먹었다. 이렇게 마음먹은 남자는 눈을 감았다. ……."

"여자는?"

"여자는 길을 잃었으면서 어디서 잃었는지를 모르는 모양새였다. 낚아채여서 하늘을 가는 사람처럼 그저 이상야릇하기 천만무량……, 뒤는 읽기가 좀 어렵습니다. 아무래도 문장이 되지 않아. ─그저 이상야릇하기 천만무량……, 뭔가 동사가 없을까요?"

"동사 같은 게 필요한가요? 그걸로 됐어요."

"응?"

우르르 소리가 들리더니 산의 나무가 전부 울렸다. 자신도 모르게 얼굴을 마주한 순간, 책상 위에 꽂아놓은 한 송이 동백꽃이 휘청휘청 흔들렸다. "지진!"하고 작은 목소리로 외친 여자가 꿇고 있던 무릎을 풀어 나의 책상에 몸을 기댔다. 서로의 몸이 닿을 듯 움직였다. 끼이끼이, 날카로운 날갯짓을 하며 꿩 한 마리가 수풀 속에서 날아올랐다.

"꿩이."하고 내가 창밖을 보며 말했다.

"어디에."하고 여자가 기댔던 몸을 가까이 가져왔다. 나의 얼굴과 여자의 얼굴이 맞닿을 듯 가까워졌다. 가는 콧구멍에서 나온 여자의 숨결이 나의 수염을 어루만졌다.

"비인정이네요."라고 여자가 곧 앉음새를 바로하며 갑자기 말했다.

"물론."하고 나도 바로 대답했다.

바위의 움푹 파인 곳에 고여 있던 봄의 물이 놀라 출렁출렁

둔하게 흔들렸다. 지반의 울림에 가득 들어찬 물이 출렁여 바닥에서부터 움직이는 것이기에 표면이 불규칙적으로 곡선을 그릴 뿐, 깨지는 부분은 어디에도 없었다. 원만하게 움직인다는 말이 있다면 바로 이런 경우에 쓸 수 있으리라. 차분하게 그림자를 담고 있던 산벚나무가 물과 함께 늘어나기도 하고 줄어들기도 하고 구부러지기도 하고 뒤틀리기도 했다. 그러나 어떻게 변화하든 역시 벚나무의 모습을 뚜렷하게 유지하고 있다는 점이 아주 재미있었다.

"이거 유쾌하네요, 아름답고 변화가 있어서. 이런 식으로 움직이지 않으면 재미가 없습니다."

"사람도 저런 식으로만 움직인다면 아무리 움직여도 괜찮을 거예요."

"비인정이 아니면 이렇게는 움직이지 못할 겁니다."

"호호호호, 비인정을 아주 좋아하시네요."

"당신 역시 싫어하지는 않으실 텐데요. 어젯밤의 긴소매옷은……."하고 말을 꺼내자,

"뭔가 상을 주세요."라고 여자가 갑자기 어리광을 부리듯 말했다.

"어째서요?"

"보고 싶다고 하셔서 일부러 보여드린 거잖아요."

"제가요?"

"산을 넘어오신 그림 선생님께서 찻집의 할멈에게 굳이 청하셨다고 하던데요."

나는 뭐라고 대답해야 좋을지 얼핏 말이 나오지 않았다. 여자가 틈을 주지 않고,

"이렇게 건망증이 심한 사람에게는 아무리 성심을 다해도 보람이 없겠네."라며 비웃듯, 원망하듯, 또 정면에서부터 덤벼들듯 두 번째 화살을 날렸다. 전세가 점점 불리해졌으나 어디에서부터 반격을 가해야 할지 일단 기선을 제압당하면 좀처럼 빈틈을 찾기 어려운 법이다.

"그럼 어젯밤의 목욕탕에서도 온전히 친절을 베푸신 거로군요."라고 아슬아슬한 순간에 간신히 딛고 일어섰다.

여자는 말이 없었다.

"이거 실례했습니다. 감사인사로 무엇인가를 드리겠습니다."라고 나설 수 있는 한 앞으로 나가두었다. 아무리 나아가도 아무런 효과도 없었다. 여자는 시치미를 뗀 채 다이테쓰 화상의 액자를 바라보고 있었다. 마침내,

"죽영불계진부동."

이라고 입 안에서 조용히 읽기를 마치고 다시 내 쪽을 향했다가 갑자기 떠올랐다는 듯,

"뭐라고요?"

라고 일부러 커다란 목소리로 물었다. 그 수에는 넘어가지

않았다.

"저 스님을 조금 전에 뵀습니다."라고 지진에 흔들리는 연못
물처럼 원만하게 움직여 보였다.

"간카이지의 스님이요? 살이 찌셨죠?"

"서양화로 맹장지에 그림을 그려달라고 하셨습니다. 선승이
란 꽤나 알 수 없는 말을 하시는 법입니다."

"그래서 그렇게 살이 찐 거겠죠."

"그리고 젊은이 한 사람을 또 만났습니다. ……."

"규이치죠?"

"규이치 군입니다."

"잘도 아시네요."

"아니, 규이치 군만 알고 있습니다. 그 외에는 아무것도 모릅
니다. 말하는 걸 좋아하지 않는 사람이지요?"

"아니, 조심을 하고 있는 거예요. 아직 어린아이라……."

"어린아이라니, 당신하고 비슷하지 않나요?"

"호호호호, 그런가요? 그 아이는 제 사촌동생인데 곧 전장에
가야하기에 인사를 하러 온 거예요."

"여기서 묵고 있습니까?"

"아니요, 오빠 집에 있어요."

"그럼, 일부러 차를 마시러 온 거로군요."

"차보다는 목욕물을 더 좋아해요. 아버지도 참, 그만두셨으면

좋았을 텐데 불러들여서. 갑갑해서 혼나셨죠? 제가 있었으면 도중에 돌아가게 했을 텐데…….”

“당신은 어디에 가셨었나요? 스님께서 물어보셨었습니다. 또 혼자서 산책을 나갔나 하시며.”

“네, 가가미가이케 쪽을 돌아보고 왔어요.”

“그 가가미가이케에 나도 가보고 싶습니다만…….”

“가보세요.”

“그림으로 그리기에 좋은 곳인가요?”

“몸을 던지기에 좋은 곳이에요.”

“몸은 웬만해서는 아직 던지지 않을 생각입니다.”

“저는 곧 던질지도 몰라요.”

여자치고는 너무나도 대담한 농담이었기에 나는 문득 얼굴을 들었다. 여자는 의외로 진지했다.

“제가 몸을 던져 물에 떠 있는 모습을, 괴롭게 떠 있는 모습이 아니에요, 편안하게 왕생해서 떠 있는 모습을, 아름다운 그림으로 그려주세요.”

“네?”

“놀랐다, 놀랐어. 놀라셨죠?”

여자는 훌쩍 몸을 일으켰다. 세 걸음이면 다하는 방의 문을 나설 때 뒤를 돌아보고 생긋 웃었다. 한참을 멍하니 있었다.

10

가가미가이케에 가보았다. 간카이지 뒷길의 삼나무 사이에서 골짜기로 내려가면 맞은편 산으로 오르기 전에 길이 두 갈래로 갈라지며 저절로 가가미가이케의 주위가 된다. 연못가에는 얼룩조릿대가 많았다. 어떤 곳은 좌우에서 자라 겹쳐졌기에 소리를 내지 않고는 거의 지날 수 없었다. 나무 사이로 보니 연못의 물은 보였으나 어디서 시작해서 어디서 끝나는 것인지, 일단 둘러보지 않고는 짐작할 수 없을 듯했다. 걸어보니 의외로 작았다. 3정쯤밖에 되지 않으리라. 단지 매우 불규칙한 생김새였으며, 곳곳의 물가에 바위가 자연 그대로 누워 있었다. 연못의 생김새를 뭐라 표현하기 어려운 것처럼, 물가의 높이도 물결을 치며 여러 기복을 불규칙하게 늘어놓고 있었다.

연못을 둘러싸고는 잡목이 많았다. 몇 백 그루나 될지 이루 헤아릴 수 없었다. 개중에는 아직 봄의 싹을 틔우지 못한 것도 있었다. 비교적 가지가 우거지지 않은 곳은 여전히 화창한 봄 햇살을 받아서 나무 밑에 싹을 틔운 잡초까지 있었다. 콩제비꽃의 옅은 그림자가 얼핏얼핏 그 사이로 보였다.

일본의 제비꽃은 잠을 자고 있는 듯한 느낌이다. '하늘에서 내려온 기이한 모습인 듯'이라고 형용한 서양인의 글은 영 적합하지가 않다. 이렇게 생각한 순간 나의 발걸음이 멈췄다. 발걸음이 멈추면 싫증이 날 때까지 거기에 머문다. 머물 수 있는 것은 행복한 사람이다. 도쿄에서 그랬다가는 바로 전차에 치여 죽는다. 전차가 죽이지 않으면 순사가 내쫓는다. 도회는 태평한 백성을 거지로 착각하고, 소매치기의 두목인 탐정에게 높은 봉급을 지불하는 곳이다.

나는 풀을 깔개 삼아 태평한 엉덩이를 슬쩍 내려놓았다. 이곳이라면 오류일 이렇게 움직이지 않아도 누가 불평을 해오지 않을까 염려하지 않아도 될 듯했다. 자연의 고마운 점이 여기에 있다. 어떤 경우에는 용서도 미련도 없는 대신, 사람에 따라서 취급이 달라지는 경박한 태도는 조금도 보이지 않는다. 이와사키[1]나 미쓰이[2]를 안중에 두지 않는 자는 얼마든지 있다. 냉담하게 고금 제왕의 권위에 무관심할 수 있는 것은 자연뿐이리라. 자연의 덕은 속세를 높이 초월하여 절대 평등관을 끝 간 데 모르게 수립해놓았다. 천하의 하찮은 자들을 상대로 덧없이

---

1) 岩崎. 미쓰비시(三菱) 재벌을 일으킨 집안의 성.
2) 三井. 미쓰이 재벌.

타이몬3)의 분노를 일으키기보다는, 난을 구원(九畹)에 뿌리고 혜(蕙)를 백무(百畝)에 심어 홀로 그 속에서 기거4)하는 편이 훨씬 더 상책이다. 세상은 공평하다고 말하고 사욕이 없다고 말한다. 그렇게 중요한 일이라면 하루에 천 명의 좀도둑을 살육하여 그들의 시체로 밭 가득 화초를 배양하면 될 것이다.

생각이 자꾸 이성으로만 치우쳐 더없이 하찮아지고 말았다. 이런 중학생 정도의 관념을 하기 위해서 일부러 가가미가이케까지 온 것은 아니었다. 소맷자락에서 담배를 꺼내 성냥을 칙 그었다. 손에 느낌은 있었으나 불은 보이지 않았다. 시키시마5) 끝에 대고 빨아보니 코로 연기가 나왔다. 오호, 빨리는군 하고 마침내 깨달았다. 성냥은 짧은 풀 속에서 한동안 우룡6)처럼 가느다란 연기를 뱉다가 곧 적멸(寂滅)했다. 자리에서 조금씩 움직여 물가까지 점점 가보았다. 나의 깔개는 천연적으로 연못 속으로 흘러들었는데, 발을 담그면 미지근한 물에 닿을지도 모를 바로 그 앞에서 멈추었다. 물을 들여다보았다.

---

3) Timon. 5세기 무렵의 그리스 사람으로 인간혐오로 유명하다. 셰익스피어의 비극 『아테네의 타이몬』으로 각색되었는데, 타이몬은 몰락 이후 자신을 등진 사람들의 모습을 보고 화를 내다 죽었다.
4) 중국 전국시대의 시인인 굴원(屈原, BC343? ~BC278?)의 『초사(楚辭)』 속 구절에서 따온 내용.
5) 敷島. 1904년부터 1943년까지 제조·발매되었던 담배. 당초에는 최고급담배였다.
6) 雨龍. 뿔이 없고 도마뱀처럼 생긴 용.

시선이 닿는 곳은 그렇게 깊을 것 같지도 않았다. 바닥에는 길고 가느다란 수초가 왕생한 채 잠겨 있었다. 나는 왕생이라는 말 외에는 형용할 말을 알지 못했다. 언덕의 억새는 나부낌을 안다. 수초는 움직이게 해줄 물결의 동정을 기다린다. 백년을 기다려도 움직일 것 같지 않은 물속에 잠겨 있는 이 수초는, 움직이기 위한 모든 자세를 갖춘 채 밤이고 낮이고 시달릴 날만을 기다리며 지내고 기다리며 새우고, 몇 대에 걸친 생각을 줄기 끝에 담은 채 오늘에 이르기까지 끝내 움직이지도 못하고, 또 죽지도 못한 채 살아 있는 듯했다.

나는 자리에서 일어나 풀 속에서 적당한 돌 2개를 주워왔다. 공덕이 되리라 싶어 눈앞으로 하나를 던져주었다. 뽀글뽀글 거품이 2개 떠오르다 바로 사라졌다. 바로 사라졌네, 바로 사라졌어, 라고 나는 마음속에서 되풀이했다. 들여다보니 세 줄기쯤의 기다란 머리카락이 귀찮다는 듯 흔들리기 시작했다. 들켜서는 안 된다는 듯 탁한 물이 바닥에서부터 감추려 올라왔다. 나무아미타불.

이번에는 마음먹고 한가운데로 힘껏 던졌다. 퐁당 하고 희미한 소리가 들렸다. 조용한 것은 결코 서로 상관하지 않는다. 더는 던질 마음도 들지 않았다. 그림도구상자와 모자를 내버려둔 채 오른쪽으로 돌았다.

완만한 경사를 2간 남짓 위로 올라갔다. 머리 위를 커다란 나무가 덮어 몸이 갑자기 추워졌다. 맞은편 기슭의 어두운 곳에 동백꽃이 피어 있었다. 동백의 잎은 녹색이 너무 깊어서 낮에 보아도, 양지에서 보아도 경쾌한 느낌은 결코 들지 않는다. 특히 이 동백은 바위 모퉁이에서 안쪽으로 2, 3간쯤 물러나서, 꽃이 없으면 무엇이 있는지 깨닫지 못할 곳에 조용히 웅크리고 있었다. 그 꽃이! 하루 종일 헤아려도 물론 전부 헤아릴 수 없을 정도로 많았다. 그러나 눈길이 닿으면 반드시 헤아려보고 싶을 정도로 선명했다. 그저 선명하기만 할 뿐, 밝은 느낌은 없었다. 확 불타오르는 듯해서 자신도 모르게 마음을 빼앗겼다가 이후에는 왠지 섬뜩해졌다. 저것만큼 사람을 속이는 꽃도 없다. 나는 깊은 산속의 동백을 볼 때마다 늘 요녀(妖女)의 모습을 떠올린다. 검은 눈으로 사람을 끌어들여서는 어느 틈엔가 아름다운 독을 혈관에 불어넣는다. 속았음을 깨달았을 무렵에는 이미 늦었다. 맞은편의 동백이 눈에 들어온 순간 나는, 아아, 보지 말았으면 좋았을 것을, 하고 생각했다. 그 꽃의 색은 단순한 빨강이 아니었다. 눈이 번쩍 뜨일 정도의 화려함 속에 말로 표현할 수 없을 만큼 가라앉은 분위기를 가지고 있었다. 초연히 시들어가는 빗속의 배꽃에는 그저 가련하다는 느낌이 들 뿐이다. 차갑게 아름다운 달 아래의 해당화에는 그저 사랑스럽다는 마음이 들 뿐이다. 동백의 가라앉은 분위기는 전혀 달랐다. 거뭇하고 독기가 있고 섬뜩한 기운을 띤 분위기였다.

이런 분위기를 속에 품고 있으면서 겉모습은 어디까지나 화려함을 가장하고 있었다. 게다가 사람에게 영합하려는 듯한 태도도 없었으며, 특별히 사람을 유혹하는 듯한 모습도 보이지 않았다. 활짝 피었다가 툭 떨어지고, 툭 떨어졌다가는 활짝 피며 몇 백 년의 세월을 사람의 눈에 띄지 않는 산그늘에서 더없이 차분하게 살아가고 있었다. 단 한 번 눈길을 주기만 해도 그것으로 끝! 본 사람은 그녀의 마력에서 절대로 벗어날 수가 없다. 그 색은 단순한 빨강이 아니다. 도륙당한 죄인의 피가 스스로 사람의 눈을 끌어 저절로 사람의 마음을 불쾌하게 하는 것 같은 어딘가 이상한 빨강이다.

보고 있자니 툭 빨간 녀석이 물 위로 떨어졌다. 조용한 봄에 움직인 것은 오직 그 한 송이뿐이었다. 조금 지나자 또 툭 떨어졌다. 저 꽃은 결코 흩어지지 않는다. 무너지기보다는 엉겨붙은 채 가지를 떠난다. 가지를 떠날 때는 한꺼번에 떠나기에 미련이 없는 것처럼 보이지만, 떨어져서도 엉겨붙어 있는 모습은 어딘가 독살스럽다. 또 툭 떨어졌다. 저렇게 떨어지는 동안 연못의 물이 빨갛게 되리라 생각했다. 조용히 떠 있는 꽃 부근은 지금도 약간 빨간 것 같은 느낌이 들었다. 또 떨어졌다. 땅 위에 떨어진 것인지 물 위에 떨어진 것인지 구별할 수 없을 만큼 조용히 떠올랐다. 또 떨어졌다. 저게 가라앉는 일도 있을까 하고 생각했다. 매해 남김없이 떨어지는 몇 만 송이의 동백꽃은 물에 잠겨 색이 풀어지고 썩어서 진흙이 되어 마침내 바닥으로 가라앉는 것일까? 몇 천 년 뒤에는 이 오래된 연못이 사람들도 모르는 사이에 떨어진 동백꽃 때문에 메워져 원래의 평지로 되돌아갈지도 모르겠다. 또 하나, 커다란 것이 피 묻은 사람의 혼처럼 떨어졌다. 또 떨어졌다. 툭툭 떨어졌다. 끝도 없이 떨어졌다.

이런 곳에 아름다운 여자가 떠 있는 모습을 그리면 어떨까 생각하며 원래 있던 자리로 돌아가, 다시 담배를 피우며 멍하니 생각에 잠겼다. 온천장의 오나미 씨가 어제 농담으로 한 말이 물결치며 기억 속으로 밀려왔다. 마음이 커다란 물결 위에 떠 있는 한 장의 판자처럼 흔들렸다. 그 얼굴을 재료로 삼아 저 동백꽃 아래에 띄우고 위에서부터 동백꽃을 몇 송이고 떨어뜨린다. 동백꽃이 영원히 떨어지고 여자가 영원히 물에 떠 있는 느낌을 나타내고 싶은데, 그것을 그림으로 그릴 수 있을까? 그 라오콘[7])에는……, 라오콘 따위는 아무래도 상관없다. 원리를 배반하든 배반하지 않든 그런 심상만 드러낼 수 있으면 된다. 그러나 인간에서 벗어나지 않은 채 인간 이상의 영원함이라는 느낌을 나타내기란 쉬운 일이 아니다. 무엇보다 얼굴이 애를 먹였다. 그 얼굴을 빌린다 해도 그 표정으로는 어려웠다. 고통이

---

7) Laocoon. 그리스 신화 속 트로이의 왕자. BC1세기 중엽에 그와 두 아들 이 뱀에게 교살당할 때 괴로워하는 모습을 묘사한 조각이 제작되었다.

짙어서는 모든 것을 파괴하고 만다. 그렇다고 해서 터무니없이 편안해서도 곤란하다. 차라리 다른 얼굴로 해보는 건 어떨까? 이걸까 저걸까 손가락을 꼽아보았지만 영 마음 같지 않았다. 역시 오나미 씨의 얼굴이 가장 어울릴 듯했다. 그러나 무엇인가가 부족했다. 부족하다는 것까지는 알겠는데 어디가 부족한 건지는 내게도 분명하지 않았다. 그렇기에 나의 상상에 따라서 적당히 만들어낼 수도 없는 일이었다. 거기에 질투를 더해보는 건 어떨까? 질투로는 불안한 느낌이 너무 많다. 증오는 어떨까? 증오는 너무 격렬하다. 분노? 분노로는 조화가 완전히 깨져버린다. 한? 한 가운데서도 춘한(春恨)이라는 시적인 것이라면 모르겠지만 단순한 한으로는 너무 속되다. 여러 가지로 생각한 끝에 마침내 이것이라고 간신히 깨달았다. 수많은 정서 중에 애틋함[8]이라는 말이 있다는 사실을 잊고 있었다. 애틋함이란 신이 모르는 정서이자, 그러나 신에 가장 가까운 인간의 정서다. 오나미 씨의 표정 속에는 이 애틋한 마음이 조금도 드러나 있지 않았다. 그것이 부족했던 것이었다. 어떤 갑작스러운 충동으로 이 정서가 그 여자의 눈가에 번뜩인 순간 나의 그림이 완성되리라. 그러나 언제 그것을 볼 수 있을지 알 수 없는

---

8) 일본어로는 아와레(憐れ). 불쌍함, 가련함이라는 뜻이며, 문학적으로는 감동(비애·애련 등의 감정)을 일으키게 하는 상황을 뜻하는 말로 일본 문학의 미적 이념 가운데 하나로 여겨지고 있다.

일이었다. 평소 그녀의 얼굴에 충만해 있는 것은 사람을 업신여기는 미소와 갈등, 이기려는 조바심에서 만들어지는 여덟팔자 눈썹뿐이었다. 그것만 가지고는 도저히 완성할 수 없을 터였다.

바스락바스락 발소리가 났다. 가슴속 도안은 3분의 2에서 무너졌다. 돌아보니 통소매 옷을 입은 사내가 등에 장작을 짊어지고 얼룩조릿대 속을 간카이지 쪽으로 건너가고 있었다. 옆의 산에서 내려온 것이리라.

"날씨가 좋습니다."라고 수건을 쥐며 인사했다. 허리를 굽힌 순간 짧은 허리띠에 걸어놓은 손도끼의 날이 번쩍 빛났다. 마흔 가량의 억세 보이는 사내였다. 어딘가에서 본 듯했다. 사내는 오랜 친구처럼 허물없는 태도였다.

"나리도 그림을 그리십니까?" 나의 그림도구상자는 열려 있었다.

"그렇소. 이 연못이라도 그릴까 싶어서 와보았는데 쓸쓸한 곳이로군. 아무도 지나지 않아."

"네에. 그야말로 산골이라……. 나리, 고개에서 비를 만나 많이 곤란하셨겠죠?"

"어? 응, 자네는 그때의 마부로군."

"네에. 이렇게 장작을 해서 성 아랫마을로 가지고 나갑니다." 라며 겐베에는 짐을 내리고 그 위에 걸터앉았다. 담배쌈지를 꺼냈다. 낡은 것이었다. 종이인지 가죽인지 알 수 없었다. 나는 성냥을 빌려주었다.

"그런 데를 매일 넘으려면 힘들겠군."

"뭐, 워낙 익숙해서……. 그리고 매일은 넘지 않습니다. 사흘에 한 번, 경우에 따라서는 나흘쯤 됩니다."

"나흘에 한 번도 사양하겠어."

"아하하하하. 말이 가엾으니 나흘쯤으로 해두겠습니다."

"그거 참 고맙군. 자신보다 말이 더 중한 모양일세. 하하하하."

"그 정도까지는 아닙니다만……."

"그런데 이 연못은 아주 오래 됐지? 대체 언제쯤부터 있었지?"

"옛날부터 있었습니다."

"옛날부터? 어느 정도 옛날부터?"

"잘은 모르겠으나 아주 오랜 옛날부터."

"아주 오랜 옛날부터라. 그렇군."

"잘은 모르겠으나 옛날에 시호다 댁의 따님이 몸을 던졌을 때부터 있었습니다."

"시호다라면, 그 온천장을 말하는 건가?"

"네에."

"따님이 몸을 던졌다니, 지금 건강하게 살아 있잖아."

"아니요. 그 따님이 아닙니다. 먼 옛날의 따님이."

"먼 옛날의 따님? 언제쯤인가 그건?"

"잘은 모르겠으나 아주 먼 옛날의 따님으로……."

"그 옛날의 따님이 어째서 또 몸을 던진 거지?"

"그 따님은, 역시 지금의 따님처럼 아름다운 따님이었다고 하는데 말입니다, 나리."

"응."

"그런데 어느 날 떠돌이 중 하나가 와서……."

"떠돌이 중이라면 탁발승을 말하는 건가?"

"네에. 그 퉁소를 부는 떠돌이 중을 말하는 겁니다. 그 떠돌이 중이 촌장인 시호다 댁에서 묵었는데 그 아름다운 따님이 그 떠돌이 중을 보고 첫눈에 반해서……. 업보라고 해야 하는 건지, 무슨 일이 있어도 하나가 되겠다며 울었습니다."

"울었다. 흠."

"그런데 촌장님께서 들어주지 않으셨습니다. 떠돌이 중은 사위가 될 수 없다며. 결국은 쫓아내고 말았습니다."

"그 탁발승을 말인가?"

"네에. 그러자 따님께서 떠돌이 중을 따라 여기까지 왔다가……, 저 너머에 보이는 소나무가 있는 곳에서 몸을 던져……. 마침내 커다란 소동이 벌어졌습니다. 그때 잘은 모르겠으나 거울 하나를 가지고 있었다고 전해집니다. 그래서 이 연못을 지금도 가가미가이케[9]라고 부릅니다."

---

9) '거울연못'이라는 뜻.

"오호. 그럼 벌써 몸을 던진 사람이 있었군."

"정말 당치도 않은 일입니다."

"몇 대쯤 전의 일인가, 그건?"

"잘은 모르겠으나 아주 먼 옛날의 일이라고 합니다. 그리고……, 이건 여기서만 하는 말입니다만, 나리."

"뭔가?"

"그 시호다 댁에서는 대대로 미치광이가 나옵니다."

"오호."

"완전히 저주입니다. 지금의 따님도 요즘 약간 이상하다며 모두가 떠들어대고 있습니다."

"하하하하. 그럴 리 없을 텐데."

"없을까요? 하지만 그 어머님이 역시 조금 이상해서."

"댁에 계시는가?"

"아니요, 작년에 돌아가셨습니다."

"흠."하고 나는 담배꽁초에서 가느다란 연기가 피어오르는 것을 보며 입을 다물었다. 겐베에는 장작을 짊어지고 떠났다.

그림을 그리러 와서 이런 일을 생각하기도 하고 이런 이야기를 듣기만 해서는 며칠이 걸려도 그림 한 장 완성할 수 있을 리 없었다. 기껏 그림도구상자까지 들고 나왔으니 오늘은 그 의리를 생각해서라도 밑그림을 그리고 가자. 다행히 맞은편의 경치는 그 나름대로 대충 정리가 되어 있었다. 변명 같지만 저기라도 잠깐 그리자.

1길 남짓의 검푸른 바위가 연못 속에서 똑바로 솟아올라 짙은 물이 굽이치며 꺾인 모서리에서 험하게 자리 잡은 곳 오른쪽 옆으로는 예의 얼룩조릿대가 절벽 위에서부터 물가까지 한 치의 틈도 없이 빽빽하게 자라 있었다. 위에는 세 아름 정도 되는 커다란 소나무가 어린 덩굴이 휘감고 있는 줄기를 비스듬히 비틀어 절반 이상을 물 위로 내밀고 있었다. 거울을 품은 여자는 저 바위 위에서라도 뛰어내린 것이리라.

삼각의자에 엉덩이를 내려놓고 화면에 들어갈 만한 대상을 둘러보았다. 소나무와 조릿대와 바위와 물이었는데, 물을 과연 어디서 끊어야 좋을지 알 수 없었다. 바위의 높이가 1길이라면 그림자도 1길이다. 얼룩조릿대는 물가에서 멈춘 것이 아니라 물속에까지 무성하게 자란 게 아닐까 싶을 정도로 선명하게 물밑까지 드리워져 있었다. 심지어 소나무는 하늘에 솟아 있는 높이가 올려다보아야 할 만큼 위였기에 그림자도 역시 매우 길고 가늘었다. 눈에 보이는 만큼의 길이로는 도저히 다 담을 수가 없었다. 차라리 실물은 그만두고 그림자만 그리는 것도 하나의 취흥이리라. 물을 그리고 물 속의 그림자를 그리고, 그렇게 해서 이것이 그림이라고 사람들에게 보이면 놀라리라. 하지만 그냥 놀라게 하는 것만으로는 재미가 없다. 그래 그림이 되었군, 하고 놀라게 하지 않으면 재미가 없다. 어떤 방법으로 그려야 할지, 열심히 연못의 수면을 바라보았다.

기이하게도 그림자만 바라보고 있어서는 전혀 그림이 되지 않았다. 실물과 비교해가며 궁리를 해보고 싶어졌다. 나는 수면에서 눈동자를 돌려 슬금슬금 위쪽으로 시선을 옮겨갔다. 1길 되는 바위를 그림자 끝에서부터 물가와 맞닿은 곳까지 바라보고, 맞닿은 곳에서부터 점차 물 위로 나섰다. 광택의 정도에서부터 주름의 모양까지 자세히 살펴보며 점점 올라갔다. 마침내 정상에 올라서 나의 두 눈이 높다랗게 솟은 끝자락에 막 도달한 순간, 나는 뱀을 만난 두꺼비마냥, 놀라서 붓을 떨어뜨렸다.

녹색 가지 사이로 흘러나오는 저녁 해를 등에 지고 저물려하는 만춘이 검푸르게 바위 위를 물들이고 있는 가운데 선명하게 새겨진 여자의 얼굴은, 꽃 아래서 나를 놀라게 하고 환영으로 나를 놀라게 하고 긴소매옷으로 나를 놀라게 하고 목욕탕에서 나를 놀라게 한 여자의 얼굴이었다.

나의 시선은 창백한 여자의 얼굴 한가운데 깊숙이 못 박힌 채 움직이지 못했다. 여자도 부드러운 몸을 늘일 수 있을 만큼 늘인 채 높은 바위 위에 손가락하나 움직이지 않고 서 있었다. 그 찰나!

나는 무의식중에 벌떡 일어났다. 여자는 휙 몸을 비틀었다. 허리띠 사이로 동백꽃처럼 빨간 것이 어른거리나 싶더니 이미 맞은편으로 뛰어내렸다. 저녁 해가 나무 위를 스치며 소나무

줄기를 희미하게 물들였다. 얼룩조릿대는 더욱 푸르렀다.

다시 놀라고 말았다.

11

산골마을의 어슴푸레함 속을 정처 없이 걸었다. 간카이지의 돌계단을 오르며 '仰數春星一二三(앙수춘성일이삼)[1]'이라는 구를 얻었다. 나는 특별히 스님을 만나야 할 일이 있는 것도 아니었다. 만나서 잡담을 나눌 마음도 없었다. 여관에서 나와 발길 가는 대로 어슬렁거리다보니 우연히도 이 돌계단 아래로 나온 것이었다. 한동안 '不許葷酒入山門(불허훈주입산문)[2]'이라고 적힌 돌을 쓰다듬으며 서 있다가 갑자기 기뻐져서 오르기 시작한 것이었다.

『트리스트럼 샌디[3]』라는 책 속에 '이 책만큼 신의 뜻에

---

1) 고개 들어 하나 둘 셋 봄별 헤아리네.
2) '훈'은 마늘·파·부추처럼 냄새나는 채소로 '훈'과 '술'은 수행에 방해가 된다고 하여 이를 금했다. '냄새나는 채소와 술을 먹은 자는 출입을 불허한다.'는 뜻으로 선종의 절 문 등에 적혀 있는 문구.
3) 『The Life and Opinions of Tristram Shandy, Gentleman』영국의 소설가인 로렌스 스턴(Laurence Sterne, 1713~1768)의 대표작. 기존의 소설작법을 완전히 무시, 줄거리도 주인공도 없이 분방하게 써내려간 작

맞는 작법도 없을 것이다.'라는 말이 있다. 처음 한 구절은 어쨌든 자신의 힘으로 쓴다. 그 다음부터는 오로지 신을 생각하며 붓이 움직이는 대로 맡긴다. 무엇을 쓸지는 자신도 물론 짐작할 수가 없다. 기술하는 것은 자신이지만, 쓰는 일은 신의 것이다. 따라서 책임은 저자에게 없다는 것이었다. 나의 산책도 역시 이와 같은 방식을 받아들인 무책임한 산책이었다. 단, 신에게 의지하지 않는 만큼 한층 더 무책임했다. 스턴은 자신의 책임에서 벗어남과 동시에 그것을 하늘에 있는 신에게 떠넘겼다. 받아줄 신을 가지고 있지 못한 나는 결국 그것을 시궁창 속에 버렸다.

돌계단을 오를 때도 힘들게는 오르지 않았다. 힘이 들 정도라면 바로 돌아서버릴 터였다. 한 단 올라가 멈춰 서니 왠지 기분이 좋았다. 그랬기에 두 번째 단을 올랐다. 두 번째 단에서 시를 짓고 싶어졌다. 말없이 나의 그림자를 보았다. 모난 돌에 가로막혀 세 번째 단에서 끊어져 있는 것은 이상했다. 이상하니 다시 올랐다. 고개를 들어 하늘을 보았다. 잠에 취한 안쪽에서 조그만 별이 자꾸만 반짝였다. 시가 되리라 싶어 다시 올랐다. 이렇게 해서 나는 마침내 위까지 전부 올랐다.

돌계단 위에서 생각이 났다. 예전에 가마쿠라(鎌倉)에 놀러

품.

가서 이른바 오산[4]이라는 곳을 차례차례 돌아다녔을 때, 틀림없이 엔가쿠지에 딸린 작은 절이었을 것이다. 역시 이런 식으로 돌계단을 천천히 오르고 있자니 절의 문 안에서 머리가 벗겨진 스님이 노란 승복을 입고 나왔다. 나는 올라갔다. 스님은 내려왔다. 스쳐지날 때, 스님이 날카로운 목소리로 어디에 가시는 게냐고 물었다. 나는 그냥 경내를 구경하러 왔다고 대답하고 동시에 발걸음을 멈췄으나, 스님은 곧 아무것도 없습니다, 라고 내뱉듯 말하고 서둘러 내려갔다. 너무 시원시원해서 나는 약간 기선을 제압당한 느낌이었기에 계단 위에 서서 스님을 바라보고 있었는데 스님은 그 벗겨진 머리를 흔들거리며 마침내 삼나무 사이로 모습을 감추었다. 그 동안 단 한 번도 뒤를 돌아보지 않았다. 과연 선승은 재미있었다. 활달하구나 생각하며 천천히 산문으로 들어가 둘러보니, 널따란 요사채도 본당도 텅텅 비어서 인기척이라고는 조금도 없었다. 나는 그때 진심으로 기뻤다. 세상에 이처럼 시원시원한 사람이 있어서 이처럼 시원시원하게 사람을 대해주었구나 싶자 왠지 기분이 상쾌했다. 선(禪)을 체득하고 있었기 때문도 아니었다. 선의 선자도 아직 알지 못한다. 그저 그 머리 벗겨진 스님의 태도가 마음에 들었던 것이다.

---

4) 五山. 가마쿠라에 있는 겐초지(建長寺), 엔가쿠지(円覚寺), 주후쿠지(寿福寺), 조치지(浄智寺), 조묘지(浄妙寺)를 말한다.

세상은 질척거리고 독살스럽고 좀스럽다. 게다가 뻔뻔스럽다. 꼴도 보기 싫은 녀석들로 가득 차 있다. 뭘 하려고 세상에 낯짝을 들이밀고 있는 건지 아예 이해할 수 없는 녀석까지 있다. 더구나 그런 낯짝일수록 큰 법이다[5]. 세상의 바람을 맞을 면적이 많다는 것을 마치 명예라도 되는 양 알고 있다. 5년이고 10년이고 사람의 엉덩이에 탐정을 붙여서 사람이 뀌는 방귀의 숫자를 헤아리며, 그것이 사람의 세상이라 생각하고 있다. 그리고 사람 앞에 나타나서는, 너는 방귀를 몇 번 뀌었다, 몇 번 뀌었다고 청하지도 않은 사실을 가르쳐준다. 앞에 나타나서 말한다면 그나마 참고해주지 못할 것도 없지만, 뒤에서 너는 방귀를 몇 번 뀌었다, 몇 번 뀌었다고 말한다. 시끄럽다고 하면 더 말한다. 그만두라고 하면 더더욱 말한다. 알았다고 해도 방귀를 몇 번 뀌었다, 뀌었다고 말한다. 그리고 그것이 처세의 방침이라고 말한다. 방침은 사람마다 제각각이다. 그저 뀌었다, 뀌었다고만 말하지 말고 입을 다문 채 방침을 세우는 편이 나으리라. 남에게 방해가 되는 방침은 삼가는 것이 예의다. 방해가 되지 않으면 방침이 서지 않는다고 말한다면, 나도 방귀를 뀌는 것을 나의 방침으로 삼을 뿐이다. 그렇게 되면 일본도 운이 다한 것이리라.

---

5) 일본어의 관용어구 가운데 '얼굴이 넓다.'는 말이 있다. 이는 우리말의 '발이 넓다.'와 같은 뜻이다.

이렇게 아름다운 봄밤에 아무런 방침도 세우지 않은 채 걷고 있는 것은 실제로 고상하다. 흥이 나면 흥이 나는 것을 방침으로 삼는다. 흥이 떠나면 흥이 떠나는 것을 방침으로 삼는다. 시구를 얻으면 얻은 데서 방침이 선다. 얻지 못하면 얻지 못한 곳에서 방침이 선다. 게다가 누구에게도 방해가 되지 않는다. 이것이 진정한 방침이다. 방귀를 헤아리는 것은 인신공격의 방침이며, 방귀를 뀌는 것은 정당방위의 방침이고, 이렇게 간카이지의 돌계단을 오르는 것은 수연방광6)의 방침이다.

'앙수춘성일이삼'이라는 구를 얻고 돌계단을 다 오르자 어슴푸레하게 빛나는 봄 바다가 허리띠처럼 보였다. 산문으로 들어섰다. 절구(絕句)는 가다듬을 마음이 사라지고 말았다. 즉석에서 그만두자는 방침을 세웠다.

돌을 깔아 요사채로 이어지는 한 줄기 길 오른편은 산철쭉으로 두른 생울타리였고, 울타리 너머는 묘지이리라. 왼쪽은 본당이었다. 지붕의 기와가 높은 곳에서 희미하게 빛났다. 수만 개의 기와에 수만 개의 달이 떨어진 것 같다며 올려다보았다. 어딘가에서 비둘기 소리가 자꾸만 들려왔다. 용마루 아래에서라도 사는 모양이었다. 차양 부근에 하얀 것이 점점이 보이는 듯한 느낌이 들었다. 분변일지도 몰랐다.

---

6) 隨緣放光. 인연에 따라 빛을 드리운다는 뜻으로, 관계있는 일이라도 구애받지 않고 마음대로 행한다는 말.

낙숫물 떨어지는 곳에 묘한 그림자가 일렬로 늘어서 있었다. 나무처럼 보이지는 않았다. 풀은 물론 아니었다. 느낌대로 말하자면 이와사 마타베에[7]가 그린 「도깨비의 염불[8]」이 염불을 그만두고 춤을 추고 있는 모습이었다. 본당 끝에서부터 끝까지 일렬로 나란히 늘어서서 춤을 추고 있었다. 그 그림자가 또 본당의 끝에서부터 끝까지 일렬로 나란히 늘어서서 춤을 추고 있었다. 어슴푸레한 밤이 부추기는 대로 징도 징을 두드리는 채도 시주 내용을 적은 장부도 내던진 채 서로 권하자마자 이 산사로 춤을 추러 온 것이리라.

다가가서 보니 커다란 선인장이었다. 크기는 7, 8자나 되리라. 수세미 정도 크기의 파란 오이를 주걱처럼 납작하게 눌러 손잡이 쪽을 아래로 해서 위로 위로 이어붙인 것처럼 보였다. 그 주걱이 몇 개 이어져 있어야 끝나는 건지 알 수 없었다. 오늘밤 안에라도 차양을 뚫고 올라가 지붕의 기와 위까지 솟아오를 듯했다. 그 주걱이 생겨날 때는 아무래도 어딘가에서 갑자기 나타나 철썩 달라붙는 것인 듯했다. 오래된 주걱이 새로이 작은 주걱을 낳고 그 작은 주걱이 오랜 세월에 걸쳐서 점점 자라는 것이라고는 여겨지지 않았다. 주걱과 주걱의 연결이

---

7) 岩佐又兵衛(1578~1650). 에도 초기의 화가.
8) 승복을 입고 목에 징을 매단 도깨비가 술에 취해서 샤미센을 뜯으며 들떠 있는 모습을 그린 그림. 그 창시자는 오쓰 마타베이(大津又平)라 전해지는 데서 종종 이와사 마타베에와 혼동하곤 한다.

너무나도 갑작스러웠다. 이처럼 우스운 나무는 그리 많지 않으리라. 그런데도 점잖을 떨고 있었다. 무엇이 부처인가라는 물음에 정원 앞의 떡갈나무라고 대답한 스님이 있었다고 하던데[9], 만약 같은 물음을 접한다면 나는 이것저것 따질 것도 없이 달 아래의 선인장이라고 답하리라.

어렸을 적에 조보지[10]라는 사람의 기행문을 읽고 아직도 암송하고 있는 구절이 있다. '때는 9월, 하늘 높고 이슬 맑고 산 공허하고 달 밝은데 우러러 하늘을 보니 모두 밝게 빛나 마치 사람 위에 있는 듯했다. 창문 사이의 대나무 수십 그루, 서로 몸 비벼 나는 소리 애절하기 그지없었다. 대나무 사이로 매화와 종려나무 무성하여 도깨비의 곤두선 머리카락 같았다. 아이 두엇 서로 돌아보고 혼비백산하여 잠을 자지 못했다. 동이 트기 전에 모두 떠났다.'라고 입 안에서 다시 되풀이해보고 나도 모르게 웃었다. 이 선인장도 때와 경우에 따라서는 나를 혼비백산하게 만들어 보자마자 산을 도망쳐 내려가게 했을지도 모를 일이었다. 가시에 손을 대보니 따끔따끔 손가락을 찔렀다.

바닥에 깔린 돌을 끝까지 가서 왼쪽으로 꺾어지니 요사채가 나왔다. 요사채 앞에 커다란 목련이 있었다. 거의 한 아름이나

---

9) 『벽암록』 속의 내용.
10) 晁補之(1053~1110). 중국 송나라의 시인. 학자로서도 유명했으며 서화에도 능했다.

될 법했다. 위로는 요사채의 지붕보다 높았다. 올려다보니 머리 위는 가지였다. 가지 위도 또 가지였다. 이렇게 해서 가지가 겹친 그 위가 달이었다. 보통 가지가 저렇게 겹치면 아래서 하늘은 보이지 않는 법이다. 꽃이 있으면 더욱 보이지 않는 법이다. 목련의 가지는 아무리 겹쳐도 가지와 가지 사이가 시원하게 비어 있다. 목련은 나무 아래 선 사람의 눈을 어지럽힐 만큼의 가는 가지를 함부로 뻗지는 않는다. 꽃조차도 뚜렷했다. 이렇게 까마득한 아래에서 올려다보아도 한 송이 꽃은 뚜렷하게 한 송이로 보였다. 그 한 송이가 어디까지고 무리지어서 어디까지 피어 있는지 알 수 없었다. 그럼에도 불구하고 한 송이는 끝끝내 한 송이였으며, 한 송이 한 송이 사이로 푸르스름한 하늘을 뚜렷하게 볼 수 있었다. 꽃의 색은 물론 순백이 아니었다. 한없이 하얀 것은 너무 차갑다. 오로지 희기만 한 것에서는 새삼스레 사람의 시선을 빼앗으려는 계략이 보인다. 목련의 색은 그렇지 않았다. 극도의 하양을 피해서 따스함이 있는 담황색으로 스스로를 은근하게 낮추었다. 나는 바닥에 깔린 돌 위에 서서 이 조용한 꽃이 겹겹이 어디까지고 하늘 속으로 널리 퍼진 모습을 올려다보며 한동안 멍하니 있었다. 눈에 들어오는 것은 꽃뿐이었다. 잎은 하나도 없었다.

　　<온통 목련꽃뿐인 하늘을 보네>

라는 시를 얻었다. 어딘가에서 비둘기가 부드럽게 울음을 주고

받았다.

요사채로 들어갔다. 요사채는 문이 활짝 열려 있었다. 도둑은 없는 나라인 듯했다. 개는 아예 짖지도 않았다.

"계십니까."

하고 불러보았다. 조용할 뿐 대답이 없었다.

"실례하겠습니다."

라고 안내를 청했다. 비둘기 소리가 구우우구우우 들려왔다.

"실례하겠습니다아아."라고 커다란 목소리를 내보았다.

"오오오오오오오"하고 멀리 맞은편에서 대답한 사람이 있었다. 사람의 집을 찾아가서 이런 대답을 들은 적은 결코 없었다. 잠시 후, 발소리가 마루에 울리더니 손등의 빛이 장지 너머에 어렸다. 동자승이 불쑥 모습을 드러냈다. 료넨이었다.

"스님 계신가?"

"계시지. 무슨 일로 오셨는지?"

"온천에 있는 화공이 왔다고 말씀 좀 넣어줘."

"화공이야? 그럼 들어와."

"미리 말씀드리지 않아도 괜찮아?"

"괜찮을걸."

나는 나막신을 벗고 올라섰다.

"버릇없는 화공이로군."

"왜?"

"나막신을 가지런히 놓아야지. 자, 여기를 봐."라며 손등을 내밀었다. 검은 기둥의 한가운데, 토방에서 5자쯤 되는 높이를 가늠하여 붙여놓은 종이 위에 무엇인가 적혀 있었다.

"자, 봤지? '발밑을 보아라11).'라고 적혀 있잖아."

"그렇군."하고 나는 내 나막신을 가지런히 놓았다.

스님의 방은 마루를 직각으로 꺾어져 본당 옆쪽에 있었다. 장지문을 공손하게 열고 공손하게 문턱 너머에 웅크린 료넨이,

"저기, 시호다에서 화공이 오셨습니다."라고 말했다. 참으로 송구스럽다는 듯한 태도였다. 나는 약간 우스워졌다.

"그러냐. 드시라고 해라."

료넨 대신 내가 방으로 들어갔다. 방은 매우 좁았다. 안에 이로리12)를 파놓았고, 쇠주전자가 울고 있었다. 스님은 맞은편에서 책을 보고 있었다.

"자, 이리로."하며 안경을 벗고 책을 한쪽으로 밀쳤다.

"료넨. 료오오네에엔."

"네에에에에."

"방석을 올리지 못하겠느냐."

"네에에에에."하고 료넨이 멀리서 기다랗게 대답했다.

"잘 오셨습니다. 적적하실 테지요."

---

11) 선가에서 흔히 쓰는 상투어.
12) 囲炉裏. 실내의 바닥을 네모나게 파내어 불을 피우는 장치.

"달이 너무 좋아서 슬슬 나와봤습니다."

"좋은 달이로구나."하며 장지문을 열었다. 징검돌이 둘, 소나무 한 그루 외에는 아무것도 없었다. 평평하게 꾸민 정원 너머는 바로 낭떠러지인 듯, 눈 아래로 어슴푸레한 밤의 바다가 홀연 펼쳐졌다. 갑자기 마음이 탁 트인 듯한 기분이었다. 집어등이 여기, 저기에 흩어져 있고 멀리 끝은 하늘로 들어가 별이 될 생각인 것이리라.

"풍경 한번 좋군. 스님, 장지문을 닫아놓고 있기는 아깝지 않습니까?"

"그렇습니다. 하지만 매일 밤 보고 있기에."

"며칠 밤을 보아도 좋을 겁니다, 이런 경치는. 저라면 잠도 자지 않고 보겠습니다."

"하하하하. 물론 당신은 화공이시니, 저와는 조금 다르겠지요."

"스님도 아름답다고 생각하시는 동안에는 화공이십니다."

"오호, 그도 그렇겠네요. 이래봬도 저 역시 달마의 그림 정도는 그립니다만. 아아, 여기에 걸려 있는 이 족자는 선대께서 그리신 겁니다. 꽤나 잘 그리셨습니다."

과연 달마의 그림이 작은 장식공간에 걸려 있었다. 그러나 그림으로서는 굉장히 서툰 것이었다. 단, 속기는 없었다. 서툰 것을 감추려고 애쓴 부분이 하나도 없었다. 천진한 그림이었다.

그 선대도 역시 이 그림처럼 구애받지 않는 사람이었으리라.

"천진한 그림입니다."

"우리가 그리는 그림은 그거면 충분합니다. 기상만 나타나 있으면……."

"잘 그리기는 하지만 속기가 있는 것보다는 좋습니다."

"하하하하, 그냥 그렇게라도 칭찬을 받아두도록 하겠습니다. 그런데 요즘에는 화공 가운데도 박사가 있습니까?"

"화공 박사는 없습니다."

"아, 그런가. 얼마 전에 무슨 박사 하나를 만났었습니다."

"네에."

"박사라면 훌륭한 사람이겠지요?"

"네, 훌륭하겠지요."

"화공에도 박사가 있을 법 한데, 왜 없는 걸까?"

"그렇게 말씀하신다면 스님 중에도 박사가 없으면 안 되는 것 아닙니까?"

"하하하하, 뭐 그렇게 되는 건가? 뭐라고 하는 사람이었더라, 얼마 전에 만났던 사람은……. 어딘가에 명함이 있을 텐데……."

"어디서 만나셨습니까? 도쿄였습니까?"

"아니, 여기서. 도쿄에는 벌써 20년이나 나가지 않았습니다. 요즘에는 전차라는 것이 생겼다고 하던데 한번 타보고 싶은 마음이 듭니다."

"별것 아닙니다. 시끄럽기만 하고."

"그런가요. 촉(蜀)의 개는 해를 보고 짖고, 오(吳)의 소는 달을 보고 괴로워한다[13]고 하니, 나 같은 촌뜨기는 오히려 난처할지도 모르겠군."

"난처할 건 없습니다만, 별것 아닙니다."

"그럴까?"

쇠주전자의 주둥이에서 김이 활발하게 피어올랐다. 스님이 찻장에서 다기를 꺼내 차를 우려주었다.

"차를 한 잔 드시지요. 시호다 큰나리의 차처럼 맛있는 것은 아니지만."

"아니, 괜찮습니다."

"당신은 그렇게 곳곳을 돌아다니시는 듯한데, 역시 그림을 그리기 위해서인지?"

"네. 도구만은 들고 다닙니다만, 그림은 그리지 못해도 상관없습니다."

"그럼 심심풀이신가?"

"글쎄요. 그렇게 말해도 좋을 듯합니다. 남이 방귀의 숫자를 헤아리는 것은 싫으니까요."

---

13) 중국의 촉 지방은 흐린 날이 많아 오랜만에 해가 나면 개가 그것을 보고 짖고, 오 지방은 더운 날이 많아 소가 달만 봐도 해가 뜨는 줄 알고 괴로워한다는 뜻.

천하의 선승도 이 말만은 이해하지 못한 듯했다.

"방귀의 숫자를 헤아린다는 건 무슨 말씀이신지?"

"도쿄에 오래 있으면 남들이 방귀의 숫자를 헤아립니다."

"어째서?"

"하하하하하, 헤아리는 것뿐이라면 상관없습니다만, 남의 방귀를 분석해서 똥구멍이 삼각이라는 둥, 사각이라는 둥 쓸데 없는 짓을 합니다."

"오호, 역시 위생 쪽을 말씀하시는 건가?"

"위생이 아닙니다. 탐정 쪽을 말하는 겁니다."

"탐정? 그렇군, 그렇다면 경찰이로군. 경찰이네, 순사네 하는 건 대체 무슨 도움이 되는 걸까? 없으면 안 되는 걸까요?"

"그러게요, 화공에게는 필요 없습니다만."

"내게도 필요 없습니다만. 나는 아직 순사의 신세를 진 적이 없습니다."

"그렇겠지요."

"하지만 경찰이 아무리 방귀의 숫자를 헤아려도 상관은 없습 니다만, 모르는 체하고 있으면 스스로 나쁜 짓을 하지 않았다면 아무리 경찰이라도 어떻게 할 수는 없을 텐데."

"방귀 정도로 어떻게 된다면 견딜 수 없을 겁니다."

"내가 동자승이었을 때, 선대께서 곧잘 말씀하셨습니다. 사람 은 니혼바시14) 한가운데에서 오장육부를 드러내도 부끄럽지 않도록 하지 않으면 수행을 쌓았다고는 말할 수 없다고요. 당신도 그렇게까지 수행을 쌓으면 좋을 겁니다. 여행 같은 건 하지 않아도 될 겁니다."

"온전한 화공이 되면 언제든 그렇게 될 수 있습니다."

"그럼 온전한 화공이 되면 되겠군."

"남이 방귀의 숫자를 헤아려서는 온전히는 될 수 없습니다."

"하하하하. 그것 보시게. 당신이 묵고 있는 그 시호다 댁의 오나미 씨도 시집을 갔다가 돌아와서는 아무래도 여러 가지 일이 마음에 걸려 견딜 수 없다, 견딜 수 없다며 결국에는 내게 불법을 물으러 왔었습니다. 그런데 요즘에는 꽤나 수행을 쌓기 시작해서, 좀 보십시오. 그렇게 사리를 분별할 줄 아는 여자가 되지 않았습니까?"

"아하, 어쩐지 평범한 여자는 아니라고 생각했습니다."

"그야 창끝이 꽤나 날카로운 여자여서……. 수행을 쌓으러 이곳에 왔던, 다이안이라는 젊은 중도 그 여자 덕분에, 작은 일에서 소중한 것을 규명하지 않으면 안 될 처지에 봉착하게 되어……. 곧 고승이 될 겁니다."

조용한 정원에 소나무 그림자가 드리웠다. 멀리 바다는 하늘의 빛에 호응하는 것인지 마는 것인지 애매한 가운데 희미한

---

14) 日本橋. 도쿄 역 부근의 중심지.

빛을 내뿜고 있었다. 집어등이 명멸하고 있었다.

"저 소나무의 그림자를 보시게."

"아름답습니다."

"그냥 아름답기만 하신지?"

"네."

"아름다운 데다 바람이 불어도 괴로워하지 않습니다."

찻잔에 남은 떫은 차를 전부 마시고 실굽을 위로 하여 찻잔에 엎어놓은 뒤 자리에서 일어났다.

"문까지 바래다드리겠습니다. 료오오네에엔. 손님께서 돌아가신다."

배웅을 받으며 요사채를 나서니 비둘기가 구우우구우우 울었다.

"비둘기만큼 사랑스러운 것도 없습니다. 내가 손뼉을 치면 전부 날아옵니다. 불러볼까?"

달은 더욱 밝았다. 목련은 울창하게 몇 무리인가의 구름 같은 꽃을 허공에 드리우고 있었다. 구름 한 점 없이 맑은 봄밤의 한가운데서 스님이 짝 박수를 쳤다. 소리는 바람 속에서 죽었고 비둘기 한 마리 날아오지 않았다.

"오지 않으려나. 올 법도 한데."

료넨이 내 얼굴을 보고 슬쩍 웃었다. 스님은 비둘기의 눈이 밤에도 보이는 줄 아는 모양이었다. 속편한 사람이다.

산문 근처에서 나는 두 사람과 헤어졌다. 돌아보니 크고 둥근 그림자와 작고 둥근 그림자가 바닥에 깔린 돌 위에 떨어졌으며, 앞뒤로 나란히 서서 요사채 쪽으로 사라져가고 있었다.

12

그리스도는 예술가의 태도를 최고도로 갖춘 사람이라는 말
은 오스카 와일드¹)의 설이었던 것으로 기억하고 있다. 그리스도
는 모르겠다. 간카이지의 스님 같은 양반은 그야말로 이 자격을
가지고 있다고 생각했다. 풍류가 있다는 의미가 아니다. 시세에
통달했다는 말도 아니다. 그는 거의 그림이라고도 할 수 없는
달마의 족자를 걸어놓고 잘 그렸다며 자랑스러워했다. 그는
화공에도 박사가 있는 법이라고 알고 있었다. 그는 비둘기의
눈이 밤에도 보인다고 생각하고 있었다. 그럼에도 불구하고
예술가의 자격이 있다는 것이다. 그의 마음은 바닥이 없는
자루처럼 뚫려 있다. 아무것도 정체되어 있지 않았다. 어디로
든 움직일 수 있고 뜻대로 행할 수 있으며, 작은 티끌이나 앙금도
마음속에 침전할 기미가 없었다. 만약 그의 머릿속에 한 점의

---

1) Oscar Wilde(1854~1900). 영국의 시인, 소설가. 세기말 예술의 대표자
   로 예술을 위한 예술을 주장했다.

풍류를 붙일 수만 있다면 그는 가는 곳마다 동화되어 대변을 보고 소변을 보는 것 같은 일상생활 속에서도 완전한 예술가로 존재할 수 있을 터였다. 나 같은 사람은 탐정이 방귀의 숫자를 헤아리는 동안에는 도저히 화가가 될 수 없다. 그림판을 마주할 수는 있다. 물감판을 쥘 수는 있다. 그러나 화공은 될 수가 없다. 이렇게 이름도 모르는 산골로 와서 저물려 하는 봄빛 속에 작고 여윈 몸을 묻어야 비로소 참된 예술가다운 태도에 내 몸을 둘 수 있다. 일단 이 경계에 들면 아름다운 천하는 나의 소유가 된다. 한 자 비단을 물들이지 않아도, 한 치 도폭을 칠하지 않아도 나는 일류의 대화공이다. 재주는 미켈란젤로[2]에 미치지 못하고 기교는 라파엘로[3]에게 뒤질지 몰라도, 예술가적 인격에 있어서는 고금의 대가와 어깨를 나란히 한들 추호도 뒤떨어지는 점을 찾아낼 수 없을 것이다. 나는 이 온천장에 온 이후로 아직 한 장의 그림도 그리지 못했다. 그림도구상자는 멋으로 짊어지고 나온 듯한 느낌조차 있었다. 사람들은 그러면서도 화가냐고 비웃을지도 모른다. 제아무리 비웃어도 지금의 나는 참된 화가였다. 훌륭한 화가였다. 이러한 경지를 얻은 자가 명화를 그린다고는 말할 수 없다. 그러나 명화를 그릴

---

2) Michelangelo Buonarroti(1476~1564). 이탈리아 르네상스를 대표하는 화가, 조각가.
3) Raffaello Santi(1483~1520). 이탈리아의 화가, 건축가. 르네상스의 거장 가운데 한 명.

줄 아는 사람은 반드시 이러한 경지를 알아야만 한다.

아침식사를 마치고 시키시마 한 대를 한가로이 피울 때, 나의 생각은 위와 같았다. 해는 아침안개를 벗어나 높이 솟아 있었다. 장지문을 열고 뒤편의 산을 바라보았더니 파란 나무가 매우 맑게 비쳐서 더없이 선명하게 보였다.

나는 평소 공기와 물상과 채색의 관계를 세상에서 가장 흥미로운 연구 가운데 하나라고 생각하고 있었다. 색을 주로 해서 공기를 나타낼지, 사물을 주로 해서 공기를 그릴지. 또는 공기를 주로 해서 그 속에 색과 사물을 새겨넣을지. 그림은 작은 기운 하나에서 여러 가지 분위기가 나온다. 이 분위기는 화가 자신의 기호에 따라서 달라진다. 그건 말할 필요도 없는 사실이지만, 때와 장소에 따라서 저절로 제한을 받는 것 또한 당연한 일이다. 영국인이 그린 산수 가운데 밝은 것은 하나도 없다. 밝은 그림을 싫어하는 것일지도 모르겠으나, 혹시 좋아한다 해도 그 공기 속에서는 어떻게 해볼 도리가 없다. 같은 영국인이라도 구달[4]은 색의 분위기가 전혀 다르다. 다를 만도 하다. 그는 영국인이지만 일찍이 영국의 풍경을 그린 적이 없었다. 그의 화제는 그의 향토가 아니었다. 그의 본국에 비하자면 공기의 투명도가 매우 뛰어난 이집트, 혹은 페르시아 부근의 풍경만을 선택했다. 그렇

---

4) Frederick Goodall(1822~1904). 영국의 화가. 풍경, 초상화에 능했다.

기에 그가 그린 그림을 처음 본 사람은 누구나 놀란다. 영국인 가운데도 이렇게 밝은 색을 내는 사람이 있었나 의심이 들 만큼 분명하게 그려놓았다.

개인의 기호는 어떻게 해볼 수도 없다. 그러나 일본의 산수를 그리는 것이 주된 목적이라면 우리도 역시 일본 고유의 공기와 색을 내지 않으면 안 된다. 프랑스의 그림이 아무리 뛰어나다 할지라도 그 색을 그대로 그려놓고 이것이 일본의 경색(景色)이 라고는 말할 수 없다. 역시 눈앞에서 자연을 접하고 밤낮으로 구름의 모양, 연기의 자태를 연구한 끝에 바로 저 색이다, 라는 생각이 들었을 때, 바로 삼각의자를 짊어지고 뛰쳐나가지 않으 면 안 된다. 색은 찰나에 변한다. 일단 기회를 놓치면 같은 색은 쉽게 눈에 들어오지 않는다. 지금 내가 올려다보고 있는 산의 끝에는, 이 부근에서는 거의 볼 수 없을 정도로 좋은 색이 가득했다. 기껏 와서 저것을 놓친다는 것은 안타까운 일이었다. 잠깐 그리고 오자.

장지문을 열고 툇마루로 나가보니 맞은편 2층의 장지문에 몸을 기대고 나미 씨가 서 있었다. 턱을 목깃 속에 묻고 있었으며 옆얼굴밖에 보이지 않았다. 내가 인사를 하려던 순간 여자는 왼손을 늘어뜨린 채 오른손을 바람처럼 움직였다. 번뜩인 것은 번개인지, 두 번 꺾이고 세 번 꺾이고 가슴 부근을 슥 달리자마자 짤깍 소리가 들리더니 번뜩임은 곧 사라졌다. 여자의 왼손에는 단도의 나무칼집이 있었다. 모습은 곧 장지문 안쪽으로 사라져 버렸다. 나는 아침댓바람부터 가부키자[5]를 들여다본 듯한 느낌으로 여관을 나섰다.

문을 나와 왼쪽으로 접어들면 바로 가파른 산길이 이어지는 오르막이었다. 휘파람새가 곳곳에서 울었다. 왼쪽은 완만하게 계곡으로 떨어지는데 전면에 귤나무가 심겨 있었다. 오른쪽으로는 높지 않은 언덕이 2개쯤 늘어서 있었는데 여기에도 있는 것이라고는 귤나무뿐이라 여겨졌다. 몇 년 전인가 이곳에 온 적이 있었다. 손가락을 꼽아보기는 귀찮다. 틀림없이 추운 연말 무렵이었다. 그때 귤나무 산에 귤이 온통 열려 있는 풍경을 처음으로 보았다. 귤 따는 사람에게 가지 하나만 팔라고 말했더니, 얼마든지 드릴 테니 가져가라고 대답하고는, 나무 위에서 묘한 가락의 노래를 부르기 시작했다. 도쿄에서는 귤의 껍질조차 약종상으로 사러 가야 하는데, 라고 생각했다. 밤이 되자 자꾸만 총소리가 들려왔다. 무엇이냐고 물었더니 사냥꾼이 오리를 잡는 것이라고 가르쳐주었다. 그때는 나미 씨의 '나'자도 모르고 지나쳤다.

그 여자를 배우로 삼으면 훌륭한 여배우가 되리라. 일반적인 배우는 무대에 나서면 남을 의식하는 연기를 한다. 그 여자는

---

5) 歌舞伎座. 일본의 전통극인 가부키를 공연하는 극장.

집 안에 상주하며 연극을 하고 있었다. 그러면서도 연극을 하는 것이라고는 의식하지 못하고 있었다. 자연 · 천연으로 연극을 하고 있었다. 그런 것을 미적 생활6)이라고 말해야 하는 것이리라. 그 여자 덕분에 그림에 대한 수업을 꽤나 쌓을 수 있었다.

그 여자의 행위를 연극으로 보지 않으면 섬뜩해서 하루도 버티지 못할 것이다. 의리네 인정이네 하는 평범한 소품을 배경으로 평범한 소설가와 같은 관찰점에서 그 여자를 연구한다면 자극이 너무 강해서 금방 싫증이 날 것이다. 현실세계에서 나와 그 여자 사이에 끈끈한 어떤 관계가 맺어진다면 아마도 나의 고통은 말로 표현할 수 없을 것이다. 나의 이번 여행은 속된 정에서 떠나 어디까지나 온전히 화공이 되는 것이 주된 목적이니 눈에 들어오는 것은 전부 그림으로 보지 않으면 안 되었다. 노, 연극, 혹은 시 속의 인물로만 관찰하지 않으면 안 되었다. 이러한 각오의 안경으로 그 여자를 들여다보면 그 여자는 지금까지 본 여자 가운데서도 가장 아름다운 행위를 했다. 스스로 아름다운 연기를 보여주고 있다는 의식이 없는 만큼 배우의 행위보다 더욱 아름다웠다.

---

6) 다카야마 조규(高山樗牛, 1871~1902)가 주장한 생활태도. 본능의 만족을 추구하는 생활(미적 생활)을 인생의 이상으로 삼은 것으로 문단에서 논의의 대상이 되었다.

이런 생각을 가진 나를 오해해서는 안 된다. 사회의 공민으로 적당하지 못하다고 평한다면 참으로 불경스러운 일이다. 선은 행하기 힘들고 덕은 베풀기 어려우며 절조는 지키기 쉽지 않고 의를 위해 목숨을 버리기는 아깝다. 이러한 것을 굳이 한다는 것은 누구에게나 고통이다. 그 고통을 무릅쓰기 위해서는 고통에 이길 만큼의 유쾌함이 어딘가에 잠재되어 있어야만 한다. 그림이라는 것도, 시라는 것도, 혹은 연극이라는 것도 이 비참함 속에 잠겨 있는 쾌감의 다른 이름에 지나지 않는다. 이러한 정취를 이해해야만 비로소 우리의 행위도 장렬해지기도 하고 한아(閑雅)해지기도 하는 것이다. 모든 어려움을 극복하고 가슴 속 더없이 높은 정취의 한 점을 만족시키고 싶어지는 것이다. 육체의 괴로움을 도외시하고 물질상의 불편은 돌아보지도 않고 용맹하게 정진하는 마음을 휘몰아 인도(人道)를 위해서 솥에 삶아지는 형벌까지도 재미있게 생각하는 것이다. 만약 인정이라는 좁은 땅에 입각하여 예술을 정의할 수 있다면, 예술은 우리 교육받은 인사들의 가슴속에 잠재되어 사(邪)를 피하고 정(正)에 따르며, 곡(曲)을 물리치고 직(直)에 가담하며, 약(弱)을 돕고 강(强)을 굴복시키지 않고서는 도저히 견딜 수 없다는 일념의 결정으로 찬란하게 밝은 햇살을 반사할 것이다.

연기를 하는 것 같다며 사람의 행위를 비웃는 경우가 있다. 아름다운 정취를 관철시키기 위해서 필요하지도 않은 희생을 군이 하는 것은 인지상정에서 멀리 벗어난 일임을 비웃는 것이다. 자연스럽게 아름다운 성격을 발휘할 기회가 오기를 기다리지 않고 억지로 자신의 취향에 대한 관념을 자랑하는 어리석음을 비웃는 것이다. 개인 속의 사정을 참으로 이해한 자의 비웃음은 그 뜻을 이해할 수 있다. 정취가 무엇인지도 모르는 천박한 자가 자신의 천박한 마음과 비교를 해보고 다른 사람을 천하게 여기는 것은 용납하기 어렵다. 예전에 「바위 위에서의 노래7)」를 남기고 50길 높이의 폭포에서 똑바로 떨어져 빠른 여울 속으로 향한 청년이 있었다. 내가 보기에 그 청년은 '미'라는 한 글자를 위해서 버려서는 안 될 목숨을 버린 것이라 여겨진다. 죽음 그 자체는 참으로 장렬하다. 단지 그 죽음을 재촉하는 동기에 대해서는 이해하기가 어렵다. 그러나 죽음 그 자체의 장렬함조차 체득하지 못한 자가 어찌 후지무라 군의 행위를 비웃을 수 있겠는가. 그들은 장렬한 최후를 맞이하는 정취를 맛볼 수 없기에, 설령 정당한 사정이 있다 할지라도 도저히 장렬한 최후를 맞이할 수 없다는 제한을 가지고 있다는 점에서, 후지무라(藤村) 군보다 인격적으로 열등하니 비웃을 권리가 없다고 나는 주장하고 싶다.

---

7) 1903년 5월에 닛코(日光)의 계곤(華嚴) 폭포에서 투신자살한 후지무라 미사오가 죽기에 앞서 폭포 부근의 나무에 적어 남긴 유서를 말한다. 세상의 진상을 깨닫기 어려움에 대한 고뇌와 죽음에 대한 결의를 밝혔다.

나는 화공이다. 화공이기에 정취를 전문으로 하는 남자로서, 설령 인정 세계로 타락했다 할지라도 동서 양 옆의 풍류를 모르는 사내보다는 고상하다. 사회의 일원으로서 타인을 교육할 만한 지위를 충분히 가지고 있다. 시가 없는 자, 그림이 없는 자, 예술에 대한 소양이 없는 자보다는 아름다운 행위가 가능하다. 인정 세계에 있어서 아름다운 행위는 정(正)이다, 의(義)다, 직(直)이다. 정과 의와 직을 행위로 드러내는 자는 천하 공민의 모범이다.

한동안 인정계에서 벗어난 나는 적어도 이 여행 중에는 인정계로 돌아갈 필요가 없다. 있어서는 모처럼 만의 여행을 망치고 만다. 인정세계에서 버석버석하는 모래를 털어 바닥에 남는 아름다운 금만을 바라보며 지내지 않으면 안 된다. 나 스스로조차 사회의 일원으로 대하고 있지는 않다. 순수한 전문화가로서, 나와의 끈적한 이해관계의 속박을 끊고 고상하게 화폭 안에서 왕래하고 있다. 하물며 산이겠는가, 물이겠는가, 타인이겠는가. 나미 씨의 행위·동작이라 할지라도 그저 그대로의 모습으로 볼 수밖에 달리 방법이 없다.

3정쯤 올라가니 앞쪽으로 하얀 벽의 집 한 채가 보였다. 귤나무 속의 집이로구나 생각했다. 길은 곧 두 갈래로 갈라졌다. 하얀 벽을 옆으로 보며 왼쪽으로 접어들 때 뒤를 돌아보니 아래에서부터 빨간 행주치마를 두른 아가씨가 올라오고 있었다. 행주치마가 점점 온전한 모습을 드러내더니 그 아래에서부터 갈색 정강이가 나왔다. 정강이가 온전히 드러나자 짚으로 만든 조리가 되었고 그 조리가 점점 움직이고 있었다. 머리 위로 산벚꽃이 떨어지고 있었다. 등에는 빛나는 바다를 짊어지고 있었다.

험한 길을 다 오르고 나자 산부리의 평평한 곳이 나왔다. 북쪽은 녹색이 깔려 있는 봄의 봉우리로 오늘 아침에 툇마루에서 올려다본 부근일지도 몰랐다. 남쪽으로는 불에 탄 들판이라고 말할 만한 지세가 0.5정쯤의 폭으로 펼쳐져 있었으며 그 끝은 무너져내린 절벽이었다. 절벽 아래는 지금 막 지나온 귤나무 산이었고, 마을을 넘어 건너편을 보니 눈에 들어오는 것은 말하지 않아도 알 수 있는, 파란 바다였다.

길은 여러 갈래 있었으나 만났다가는 헤어지고, 헤어졌다가는 만났기에 어느 것이 본줄기인지조차 알아볼 수 없었다. 모두가 길인 대신, 모두가 길이 아니었다. 풀 속으로 검붉은 땅이 보이기도 하고 숨기도 했기에 어느 줄기로 이어지는 것인지 구분을 할 수 없다는 점에 변화가 있어서 재미있었다.

어디에 엉덩이를 내려놓아야 할지, 풀 속을 이리저리 배회했다. 툇마루에서 보았을 때는 그림이 될 것 같다고 생각했던 경치도 막상 와보니 의외로 정리가 되지 않았다. 색도 점차 변하기 시작했다. 초원을 어슬렁거리는 동안 어느 틈엔가 그릴 마음이 사라졌다. 그리지 않을 거라면 위치는 상관없었다. 어디든 앉는 곳이 나의 주거였다. 스며든 봄의 햇살이 풀의 뿌리 깊은 곳까지 깃들어 털썩 엉덩이를 내려놓자 눈에 보이지 않는 아지랑이를 짓밟아버린 듯한 기분이 들었다.

바다는 발 아래서 빛나고 있었다. 가로막는 구름 한 조각 가지고 있지 않은 봄볕이 빈틈없이 물 위를 비추어 어느 틈엔가 열기가 파도의 깊은 곳까지 잠겨든 것처럼 여겨질 만큼 따뜻하게 보였다. 색은 한 번의 붓질로 감청색을 평평히 흘려놓은 곳곳에 자잘한 은빛 비늘을 겹쳐 섬세하게 움직이고 있었다. 봄의 해가 끝도 없는 천하를 비추고, 천하는 끝도 없이 물을 담고 있는 사이로는 하얀 돛이 새끼손가락의 손톱만 하게 보일 뿐이었다. 게다가 그 돛은 조금도 움직이지 않았다. 먼 옛날 공물을 실은 배가 멀리서 건너올 때면 저렇게 보였으리라. 그 외에는 대천세계를 통틀어 빛을 내리는 해의 세계, 빛을 받는 바다의 세계뿐이었다.

벌렁 누웠다. 모자가 이마에서 미끄러져 뒤로 한껏 젖혀졌다. 곳곳의 풀보다 두어 뼘쯤 삐져나온 명자나무의 어린 줄기가 무성했다. 나의 얼굴은 마침 그 가운데 하나 앞에 떨어졌다. 명자는 재미있는 꽃이다. 가지는 딱딱해서 일찍이 구부러진 적이 없다. 그렇다고 해서 곧은가 하면 결코 곧지는 않다. 그저 곧고 짧은 가지에 곧고 짧은 가지가 어떤 각도로 충돌하여 경사를 이루며 전체를 형성하고 있다. 거기에 빨강인지 하양인지 알 수 없는 꽃이 편안하고 한가롭게 핀다. 부드러운 잎까지도 얼핏얼핏 달려 있다. 평가해보자면 명자는 꽃 가운데서도 어리석으면서도 깨달은 것이라고 할 수 있으리라. 세상에는 우직함을 지키는 사람이 있다. 그 사람이 내세에 다시 태어나면 틀림없이 명자나무가 될 것이다. 나도 명자나무가 되고 싶다.

어렸을 때 꽃이 피고 잎이 달린 명자나무를 꺾어다 가지 모양을 재미있게 해서 붓걸이를 만든 적이 있었다. 그것을 책상 위에 올려놓고 싸구려 무심필을 기대 세워 붓의 하얀 털이 꽃과 잎 사이로 숨었다 나타났다 하는 모습을 즐겼다. 그날은 명자나무 붓걸이만을 마음에 둔 채 잠을 잤다. 이튿날 눈을 뜨자마자 벌떡 일어나 책상 앞으로 가보니 꽃은 시들었고 잎은 말랐으며, 붓의 하얀 털만이 원래대로 빛나고 있었다. 그처럼 아름다운 것이 어째서 이렇게 하룻밤 사이에 말라버리는 걸까, 그때는 의아해서 견딜 수가 없었다. 지금 생각해보면 그때가 훨씬 더 초연했다.

눕자마자 눈에 띈 명자나무는 20년 동안의 오랜 지기였다. 보고 있자니 점점 마음이 아득해지고 기분이 좋아졌다. 다시 시흥이 돋았다.

누운 채로 생각했다. 한 구절을 얻을 때마다 사생첩에 적어나갔다. 잠시 후 완성이 된 듯했다. 처음부터 다시 읽어보았다.

出門多所思(출문다소사)

春風吹吾衣(춘풍취오의)

芳草生車轍(방초생차철)

廃道入霞微(폐도입하미)

停筇而矚目(정공이촉목)

万象帯晴暉(만상대청휘)

聴黄鳥宛転(청황조완전)

観落英紛霏(관락영분비)

行尽平蕪遠(행진평무원)

題詩古寺扉(제시고사비)

孤愁高雲際(고수고운제)

大空断鴻帰(대공단홍귀)

寸心何窈窕(촌심하요조)

縹緲忘是非(표묘망시비)

三十我欲老(삼십아욕로)

韶光猶依々(소광유의의)

逍遥随物化(소요수물화)

悠然対芬菲(유연대분비)[8]

---

8) 나쓰메 소세키가 1898년 3월에 구마모토에서 지은 오언고시로 제목은
「춘흥(春興)」. '문을 나서니 생각하는 바가 많네. 봄바람 내 옷을 불어
가네. 향그러운 풀은 바퀴 자국에 나고. 폐도는 안개 끼어 희미하네. 지
팡이를 멈추고 가만히 바라보니. 만물이 밝은 빛을 띠네. 휘파람새의 부

'아아, 됐다, 됐어. 이것으로 됐어. 누운 채 명자나무를 보며 세상을 잊은 느낌이 잘 드러나 있어. 명자나무가 나오지 않아도, 바다가 나오지 않아도 느낌만 드러나면 충분해.'라고 중얼거리며 기뻐하고 있는데 에헴 하는 사람의 기침소리가 들려왔다. 여기에는 놀랐다.

몸을 뒤척여 소리가 난 쪽을 보니 산부리를 돌아서 잡목 사이로 남자 하나가 나타났다.

갈색 중절모를 쓰고 있었다. 중절모는 찌그러졌으며 삐딱한 챙 아래로 눈이 보였다. 눈의 생김새는 알 수 없었으나 틀림없이 이쪽저쪽 두리번거리고 있는 듯했다. 남색 줄무늬 옷자락의 뒷부분을 걷어 허리에 지르고 맨발에 나막신을 신은 차림새는 어딘가 판단이 서지 않았다. 야생의 수염만으로 판단해보자면 그야말로 떠돌이무사라고 볼 만한 가치는 있었다.

남자는 험한 길로 내려서는가 싶었으나 모퉁이에서 다시 발걸음을 돌렸다. 원래 왔던 길로 모습을 감추는 건가 싶었으나 그것도 아니었다. 다시 발걸음을 돌려 걷기 시작했다. 이 초원을 산책하는 사람 외에 저처럼 오갈 사람은 없을 터였다. 그러나

드러운 소리 들으며. 어지러이 지는 꽃잎 바라보네. 평원 멀리 끝까지 가서. 고찰의 문에 시를 적네. 외로운 근심 구름 끝에 높고. 드넓은 하늘에 붕새 홀로 돌아오네. 작은 마음 어찌 이리 깊고 고요한지. 아득하여 시비를 잊네. 서른에 나는 늙으려 하고. 봄의 풍광은 여전히 부드럽네. 만물의 변화에 순응하며 소요하여. 한가로이 꽃의 향그러움을 대하네.' 라는 뜻.

저것이 산책을 하는 모습일까? 그렇다고 저런 남자가 이 부근에 살고 있으리라 여겨지지도 않았다. 남자는 이따금 멈춰 섰다. 고개를 갸웃거렸다. 혹은 사방을 둘러보았다. 깊이 생각에 잠긴 모습 같기도 했다. 사람을 기다리는 모습으로 볼 수도 있었다. 뭐가 뭔지 알 수가 없었다.

나는 이 어수선한 남자에게서 끝내 나의 눈을 뗄 수가 없었다. 특별히 두려운 것도 아니었다. 또 그림으로 그리고 싶은 마음도 없었다. 그저 눈을 뗄 수가 없었다. 오른쪽에서 왼쪽, 왼쪽에서 오른쪽으로 남자를 따라 눈을 움직이고 있자니 남자가 갑자기 멈춰 섰다. 멈춰 섬과 동시에 또 한 명의 인물이 내 시야에 들어왔다.

두 사람은 양쪽에서 서로를 인식한 듯 양쪽에서 점차 다가갔다. 나의 시야는 점점 좁아져 들판의 한가운데서 한 점의 좁은 공간으로 접혀버리고 말았다. 두 사람은 봄의 산을 등에 지고, 봄의 바다를 앞에 둔 채 정면으로 마주섰다.

남자는 물론 떠돌이무사였다. 상대는? 상대는 여자였다. 나미 씨였다.

나는 나미 씨의 모습을 본 순간 바로 오늘 아침의 단도를 떠올렸다. 설마 품속에 넣어가지고 온 것은 아니겠지 싶자 아무리 비인정한 나라도 써늘한 느낌이 들었다.

남녀는 마주본 채 한동안은 같은 태도로 서 있었다. 움직일 기색은 보이지 않았다. 입은 움직이고 있을지 몰랐으나 말은 하나도 들리지 않았다. 잠시 후 남자가 머리를 숙였다. 여자는 산 쪽을 바라보았다. 얼굴은 나의 눈에 들어오지 않았다.

산에서는 휘파람새가 울었다. 여자는 휘파람새 소리에 귀를 기울이고, 있는 것처럼 보이기도 했다. 얼마 지나자 남자가 숙였던 머리를 획 들더니 반쯤 발걸음을 돌리려 했다. 심상한 모습이 아니었다. 여자는 슥 몸을 열어 바다 쪽으로 향했다. 허리띠 사이에서 머리를 내밀고 있는 것은 단도인 듯했다. 남자가 흥분하여 걷기 시작했다. 여자가 2걸음 정도 남자의 뒤를 따라 나아갔다. 여자는 조리를 신고 있었다. 남자가 멈춘 것은 불러 세웠기 때문일까? 돌아보는 순간 여자의 오른손이 허리띠 사이로 들어갔다. 위험해!

슥 빼낸 것은 단도 아닐까 싶었으나 지갑과 같은, 무엇인가를 넣는 물건이었다. 내민 하얀 손 아래에서 기다란 끈이 흔들흔들 봄바람에 흔들렸다.

한쪽 발을 앞으로 해서 허리 윗부분을 약간 젖힌 채 내밀었다. 하얀 손목에 자줏빛 꾸러미. 그 자세만으로도 충분히 그림이 되리라.

자줏빛에서 잠깐 끊겼던 도면이 2, 3치의 간격을 두고 뒤돌아 본 남자의 몸짓으로 적절하게 이어져 있었다. 부즉불리[9]란 이런 찰나의 모습을 형용하는 말이라고 생각했다. 여자는 앞사람을 당기는 듯한 태도이고, 남자는 뒤로 당겨지는 듯한 모습이었다. 그런데 그게 실제로는 당기지도 당겨지지도 않았다. 두 사람의 인연은 자줏빛 지갑이 다한 곳에서 뚝 끊어져 있었다.

두 사람의 모습이 이처럼 묘한 아름다움으로 조화를 이루고 있음과 동시에 두 사람의 얼굴과 옷은 어디까지나 대조를 이루고 있었기에 그림으로 보면 한층 더 흥미로웠다.

땅딸한 키에 거뭇한 피부의 수염 난 얼굴과, 야물딱지고 갸름한 얼굴에 기다란 목과 완만한 어깨선의 화사한 모습. 나막신 신은 몸을 무뚝뚝하게 뒤튼 떠돌이무사와, 평소 입는 거친 비단옷조차 미끈하게 소화해낸 데다 허리 윗부분을 얌전히 뒤로 젖힌 가녀린 몸. 바랜 갈색 모자에 일꾼들이 흔히 입는 남색 줄무늬의 짧은 겉옷 차림과, 아지랑이조차 피어오를 듯 곱게 빗은 머리의 색에 검은 공단이 반짝이는 안쪽으로 얼핏 보이는 허리띠를 고정한 끈의 요염함. 전부가 절호의 화제였다.

남자가 손을 내밀어 지갑을 받아들었다. 당기듯 끌리듯 교묘하게 균형을 유지하고 있던 두 사람의 위치가 삽시간에 무너졌다. 여자는 더 이상 당기지 않았다. 남자는 끌리려 하지도 않았다. 심적 상태가 그림을 구성하는 데 있어서 이렇게나 영향을 줄 줄은, 화가면서도 지금까지 깨닫지 못했었다.

---

9) 不卽不離. 둘이 붙지도 않고 떨어지지도 않은 관계.

두 사람은 좌우로 갈라졌다. 양쪽에 기운이 없으니 더 이상 그림으로서는 지리멸렬이었다. 잡목림 어귀에서 남자는 한 번 뒤를 돌아보았다. 여자는 뒤도 돌아보지 않았다. 거침없이 이쪽으로 걸어왔다. 마침내 나의 정면까지 와서,

"선생님, 선생님."

하고 두 번을 불렀다. 이런, 아뿔싸. 언제 눈치를 챈 걸까?

"왜 그러세요?"

라며 나는 명자나무 위로 얼굴을 내밀었다. 모자가 초원으로 떨어졌다.

"그런 데서 뭘 하고 계세요?"

"시를 지으며 누워 있었습니다."

"거짓말 마세요. 지금 보셨죠?"

"지금? 지금 그거 말입니까? 네. 조금 보았습니다."

"호호호호, 조금이 아니라 많이 보셨으면 좋았을 걸."

"사실은 많이 보았습니다."

"그것 보세요. 이리로 잠깐 나와보세요. 명자나무 속에서 나와보세요."

나는 그저 명자나무 속에서 나왔다.

"아직 명자나무 속에 볼일이 남았나요?"

"이젠 없습니다. 돌아갈까도 싶습니다."

"그럼 같이 가기로 해요."

"네."

나는 그저 다시 명자나무 속으로 물러나 모자를 쓰고 그림도구상자를 정리해서 나미 씨와 함께 걷기 시작했다.

"그림을 그리셨나요?"

"그만두었습니다."

"여기에 오셔서 아직 한 장도 안 그리지 않으셨나요?"

"네."

"하지만 기껏 그림을 그리러 오셔서 조금도 안 그리시다니, 보람이 없잖아요."

"아니요, 보람이 있습니다."

"어머, 그러세요? 어째서?"

"어째서고, 저째서고, 분명히 보람이 있습니다. 그림 같은 건 그려도 그리지 않아도 결국 달라질 건 없습니다."

"그건 말장난이신가요? 호호호호, 꽤나 한가로우시네요."

"이런 곳에 왔는데 한가롭게라도 지내지 않으면 온 보람이 없지 않습니까?"

"그야 어디에 있든 한가롭게 지내지 않으면 살아 있는 보람이 없지요. 저는 조금 전 같은 모습을 다른 사람이 봐도 부끄럽네 어떻네 하는 생각은 들지 않아요."

"그런 생각은 들지 않아도 될 겁니다."

"그럴까요? 선생님은 조금 전의 남자를 대체 누구라고 생각하시나요?"

"글쎄요. 아무래도 그렇게 부자인 것 같지는 않습니다."

"호호호, 잘도 맞히셨네요. 선생님은 훌륭한 점쟁이네요. 그 남자는 가난해서 일본에 있을 수 없기에 제게 돈을 얻으러 온 거예요."

"아하, 어디에서 온 거죠?"

"성 아랫마을에서 왔어요."

"꽤나 멀리서 왔군요. 그래서 어디로 가는 겁니까?"

"만주로 간다고 해요."

"무엇을 하러 가는 겁니까?"

"무엇을 하러 가는 걸까요? 돈을 주우러 가는 건지, 죽으러 가는 건지 모르겠어요."

이때 나는 눈을 들어 잠깐 여자의 얼굴을 보았다. 지금 다문 입가에서 희미한 웃음기가 사라져가고 있었다. 의미는 알 수 없었다.

"그 사람은 저의 남편이에요."

천둥은 귀 막을 틈조차 주지 않는 법이다. 여자가 느닷없이 한칼에 내리쳤다. 나는 완전히 허를 찔리고 말았다. 물론 그런 것을 들을 마음은 없었으며, 여자도 설마 거기까지 털어놓으리라고는 생각지 못했다.

"어때요, 놀라셨죠?"라고 여자가 말했다.

"네, 조금 놀랐습니다."

"지금의 남편이 아니에요. 이혼한 남편이에요."

"그렇군요. 그래서……."

"그게 전부예요."

"그런가요? 저 귤나무 산에 하얀 벽의 훌륭한 집이 있죠? 그건 좋은 데 자리 잡고 있던데 누구의 집인가요?"

"그게 오빠의 집이에요. 가는 길에 잠깐 들렀다 가요."

"볼일이라도 있으신가요?"

"네, 부탁받은 게 좀 있어서요."

"같이 가기로 하죠."

험한 길의 오르막이 시작되는 곳까지 가서 마을로는 내려가지 않고 바로 오른쪽으로 꺾여져 다시 1정쯤 오르니 문이 있었다. 문에서 현관으로는 가지 않고 바로 정원 쪽으로 돌아들었다. 여자가 거침없이 성큼성큼 가기에 나도 거침없이 성큼성큼 갔다. 남쪽을 향한 정원에 종려나무가 서너 그루 있고 흙담 밑은 바로 귤밭이었다.

여자가 곧 툇마루 끝에 앉아 말했다.

"좋은 경치야. 좀 보세요."

"과연 좋네요."

장지 안쪽은 조용해서 인기척조차 없었다. 여자는 사람을 부를 기색조차 없었다. 그저 앉아서 귤밭을 내려다보며 태연할

뿐이었다. 나는 이상히 여겼다. 대체 무슨 볼일이 있는 걸까?

이후로는 말도 없었기에 두 사람 모두 입을 다문 채 귤밭을 내려다보고 있었다. 정오로 향해가는 태양의 따뜻한 광선이 산 전면에 그대로 쏟아지고 있어서 시야 가득 넘쳐나는 귤나무의 잎은, 잎의 뒷면까지 데워져 반짝이고 있었다. 잠시 후, 뒤편 헛간 쪽에서 닭이 커다란 소리로 꼬끼오 하고 울었다.

"어머, 벌써? 정오네요. 볼일을 잊고 있었네. 규이치, 규이치."

여자가 허리를 구부려 닫혀 있던 장지문을 드르륵 열었다. 안은 텅 빈 10첩 방에 가노 파10)의 족자 쌍폭(双幅)이 공허하게 봄의 장식공간을 꾸미고 있었다.

"규이치."

헛간 쪽에서 마침내 대답이 들려왔다. 발소리가 집 안쪽의 장지문 너머에서 멈추더니 드르륵 열리자마자 나무 칼집이 다다미 위에서 나뒹굴기 시작했다.

"자, 큰아버지가 주시는 작별선물이야."

허리띠 사이로 언제 손이 들어갔던 것인지 나는 조금도 눈치를 채지 못했었다. 단도는 두어 번 공중제비를 돌아 조용한 다다미 위를 규이치 씨의 발아래로 달려갔다. 너무 느슨하게

---

10) 狩野派. 일본 회화사상 최대의 파. 무로마치 시대 중기부터 에도 시대 말기까지 약 400년에 걸쳐서 활동하며 늘 화단의 중심에 있었던 전문 화가집단.

만들어진 것인지 서늘한 것이 1치쯤 번쩍 빛났다.

13

거룻배로 규이치 씨를 요시다의 정차장까지 배웅하기로 했다. 배 속에 앉은 사람은, 배웅을 받는 규이치 씨와 배웅하는 노인과 나미 씨와 나미 씨의 오빠와 짐을 날라줄 겐베에와 그리고 나였다. 나는 물론 들러리에 지나지 않았다.

들러리라도 부르면 간다. 어떤 의미인지 몰라도 간다. 비인정의 여행에 사려는 필요 없다. 배는 뗏목에 가장자리를 두른 것처럼 바닥이 평평했다. 노인을 중심으로 나와 나미 씨가 뱃고물에, 규이치 씨와 오빠가 뱃머리에 자리를 잡았다. 겐베에는 짐과 함께 홀로 떨어져 있었다.

"규이치, 전쟁이 좋아, 싫어?"하고 나미 씨가 물었다.

"가서 보지 않으면 모르지. 힘든 일도 있겠지만, 즐거운 일도 생기겠지."라고 전쟁을 모르는 규이치 씨가 말했다.

"아무리 힘들어도 나라를 위한 일이니."라고 노인이 말했다.

"단도 같은 걸 받으면 전쟁에 나가보고 싶다는 생각이 조금은

들지 않아?"라고 여자가 다시 묘한 질문을 했다. 규이치 씨는,

"그렇겠지."

라며 가볍게 고개를 끄덕였다. 노인이 수염을 위로 젖히고 웃었다. 오빠는 모르는 척하고 있었다.

"그런 태평한 마음으로 전쟁을 할 수 있겠어?"라며 여자가 앞뒤 따지지도 않고 하얀 얼굴을 규이치 씨 앞으로 들이밀었다. 규이치 씨와 오빠가 서로의 눈을 잠깐 마주보았다.

"나미가 군인이 되면 틀림없이 강할 거야." 오빠가 동생에게 처음으로 건넨 말이 이것이었다. 말투로 짐작컨대 단순한 농담 처럼은 보이지 않았다.

"내가? 내가 군인? 내가 군인이 될 수 있었다면 벌써 됐을 거예요. 지금쯤은 죽었을 거예요. 규이치, 너도 죽도록 해. 살아 돌아오면 세상 평판이 좋지 않으니."

"그런 난폭한 말을……. 어쨌든 순조롭게 개선해서 돌아오기 바란다. 죽는 것만이 나라를 위하는 게 아니다. 나도 아직 2, 3년은 더 살 생각이다. 또 만날 수 있을 게야."

노인의 말꼬리를 길게 늘어뜨리면 꽁무니가 가늘어져서 결 국은 눈물줄기가 될 터였다. 단지 남자인 만큼 거기까지는 얼레의 실을 풀지는 않았다. 규이치 씨는 아무런 말도 하지 않고 옆을 향한 채 기슭 쪽을 바라보았다.

기슭에는 커다란 버드나무가 있었다. 밑에 조그만 배를 묶어

놓고 남자 하나가 낚싯줄을 열심히 들여다보고 있었다. 일행의 배가 천천히 물살을 끌며 그 앞을 지날 때, 그 남자가 문득 얼굴을 들어 규이치 씨와 눈이 마주쳤다. 눈을 마주친 두 사람 사이에서는 아무런 전기도 통하지 않았다. 남자는 물고기에 대해서만 생각하고 있었다. 규이치 씨의 머릿속에는 한 마리의 붕어조차 깃들 여지가 없었다. 일행의 배는 조용히 태공망[1] 앞을 지나쳤다.

니혼바시 다리를 지나는 사람의 숫자가 1분에 몇 백 명인지는 모른다. 만약 다리 어귀에 서서 지나는 사람의 마음에 응어리진 갈등을 하나하나 들을 수 있다면, 세상이 어지러워서 살기 괴로울 것이다. 그저 모르는 사람으로 만나서 모르는 사람인 채로 헤어지기에 도리어 니혼바시에 서서 전차의 깃발을 흔들겠다는 지원자도 나오는 것이리라. 태공망이 규이치 씨의 울고 싶은 얼굴에 아무런 설명도 요구하지 않은 것은 다행이었다. 돌아보니 편안하게 찌를 응시하고 있었다. 대충 러일전쟁이 끝날 때까지 바라볼 생각인 것이리라.

강폭은 그렇게 넓지 않았다. 바닥은 깊지 않았다. 흐름은 완만했다. 뱃전에 기대어 물 위를 미끄러져 어디까지 가려나,

---

1) 太公望. 중국 주나라 문왕의 스승으로 무왕을 도와 주나라를 건국한 공신 여상(呂尚)의 호. 위수(渭水)에서 낚시를 하던 중에 문왕의 눈에 띄었기에 낚시를 좋아하는 사람을 비유적으로 일컫는다.

봄이 다하고 사람들이 떠들어대며 서로 맞부딪치고 싶어 하는 곳까지 가지 않으면 멈추지 않으리라. 비린내 나는 한 점 피를 이마에 찍은 이 청년은 우리 일행을 가차 없이 끌고 갔다. 운명의 끈이 이 청년을 멀고 어둡고 끔찍한 북쪽 나라까지 끌고 가기에, 어느 날, 어느 달, 어느 해의 인연으로 이 청년과 얽혀버린 우리는 그 인연이 다하는 곳까지 이 청년에게 끌려가지 않으면 안 된다. 인연이 다한 순간, 그와 우리 사이에서 뚝 소리가 들리고 그 혼자만은 어쩔 수 없이 운명의 손아귀까지 끌려가야 한다. 남은 우리도 어쩔 수 없이 남겨지지 않으면 안 된다. 아무리 청해도 발버둥 쳐도 끌고 가주지는 않는다.

배는 재미있을 정도로 평화롭게 흘러갔다. 좌우의 기슭에는 뱀밥이라도 자라 있을 법한. 둑 위에는 버드나무가 많이 보였다. 드문드문 낮은 집들이 그 사이로 초가지붕을 내밀고, 거뭇하게 낡아 찌든 창문을 내밀고, 때로는 하얀 집오리를 내밀었다. 집오리는 꽥꽥 울며 강물 위까지 나왔다.

버드나무와 버드나무 사이로 희고 선명하게 빛나는 것은 백도(白桃)인 듯했다. 덜커덕 하고 베 짜는 소리가 들려왔다. 덜커덕이 끊긴 사이로 여자의 노래가 하아아이, 이요오오 하고 물 위까지 들렸다. 무엇을 부르는 것인지 전혀 알 수 없었다.

"선생님, 저를 좀 그려주세요."라고 나미 씨가 부탁했다. 규이치 씨는 오빠와 함께 군대에 대한 이야기를 열심히 나누고 있었다. 노인은 언제부턴가 졸고 있었다.

"그려드리지요."라며 사생첩을 꺼내,

<춘풍에 절로 풀린 비단의 이름은 무엇>

이라고 적어서 보여주었다. 여자는 웃으며,

"이런 일필휘지로는 안 돼요. 저의 성격이 더 잘 드러나도록 정성스럽게 그려주세요."

"저도 그리고 싶기는 합니다만, 아무래도 당신의 얼굴은 그것만 가지고는 그림이 되지 않습니다."

"뜻밖의 말씀이시네. 그럼 어떻게 해야 그림이 되나요?"

"뭐, 지금으로도 그릴 수는 있습니다만. 단지 조금 부족한 부분이 있습니다. 그게 드러나지 않은 모습을 그리기는 좀 아깝습니다."

"부족하다고 해도, 타고난 얼굴이니 어쩔 수 없잖아요."

"타고난 얼굴이라도 여러 가지로 변하는 법입니다."

"자기 마음대로요?"

"네."

"여자라고 사람을 아주 바보로 아시네요."

"당신이 여자이기에 그런 바보 같은 소리를 하는 겁니다."

"그럼 당신의 얼굴을 여러 가지로 해서 보여주세요."

"이 정도로 매일 여러 가지가 되는 것으로도 충분합니다."

여자는 말없이 얼굴을 돌렸다. 강가는 어느 틈엔가 물과 거의 같은 높이로 낮아져 있었으며, 시야 가득 들어오는 논바닥은 온통 자운영으로 메워져 있었다. 선명한 주홍빛 방울방울이 언제 적 비로 흘러내린 것인지 절반쯤 녹은 꽃의 바다가 봄 안개 속으로 끝도 없이 펼쳐져 있었으며, 올려다본 하늘 한가운데에는 골짜기 깊고 길 험한 봉우리 하나가 중턱에서 희미하게 봄의 구름을 뱉어내고 있었다.

"저 산의 저쪽을, 당신이 넘어오신 거예요."라며 여자가 하얀 손을 뱃전에서 밖으로 내밀어 꿈결 같은 봄의 산을 가리켰다.

"덴구이와가 저 부근인가요?"

"저 녹색이 짙은 아래에 자줏빛으로 보이는 곳이 있죠?"

"저 그늘진 곳 말인가요?"

"그늘진 걸까요? 벗겨진 거겠지요."

"아니, 우묵한 겁니다. 벗겨졌다면 조금 더 갈색으로 보일 겁니다."

"그럴까요? 어쨌든 저 뒤쪽 부근이라고 해요."

"그럼 꼬부랑길은 조금 더 왼쪽에 있겠네요."

"꼬부랑길은 저쪽으로 훨씬 더 떨어져 있어요. 저 산보다 하나 더 뒤쪽에 있는 산이에요."

"그래, 그랬었지. 그래도 방향으로 말하자면 저 옅은 구름이 걸려 있는 부근이죠?"

"네, 방향은 그쪽이에요."

졸던 노인의 팔꿈치가 뱃전에서 미끄러져 번쩍 눈을 떴다.

"아직 안 왔느냐?"

가슴을 앞으로 내밀고 오른 팔꿈치를 뒤로 펴고 왼손을 똑바로 뻗어 아아하 기지개를 켜는 김에 활 당기는 시늉을 해보였다. 여자가 호호호 웃었다.

"이게 영 버릇이 돼서……."

"활을 좋아하시는 모양입니다."라고 나도 웃으며 물었다.

"젊었을 때는 7푼 5리[2]까지 당겼습니다. 활을 밀어 버티는 왼손의 힘은 지금도 의외로 쓸 만합니다."라며 왼쪽 어깨를 두드려 보였다. 뱃머리에서는 전쟁담이 한창 무르익었다.

배가 마침내 도회다운 곳 안으로 들어섰다. 아래쪽에 판자를 댄 장지문에 안주라고 적힌 술집이 보였다. 고풍스러운 새끼줄 포렴이 보였다. 목재 창고가 보였다. 인력거 소리까지 가끔 들려왔다. 제비가 짹짹 배를 뒤집으며 날았다. 집오리가 꽥꽥 울었다. 일행은 배에서 내려 정차장으로 향했다.

마침내 현실세계로 끌려나오고 말았다. 기차가 보이는 곳을 현실세계라고 한다. 기차만큼 20세기의 문명을 대표하는 것도 없으리라. 몇 백이나 되는 사람들을 같은 상자 안에 가득 담아 굉음과 함께 지나간다. 인정사정보지 않는다. 담긴 사람들은

---

2) 활의 줌통의 두께를 말하는데 이것이 두꺼울수록 당기는 데 힘이 든다. 7푼 5리(약 2센티미터)는 상당한 강궁이라고 할 수 있다.

모두 같은 정도의 속력으로 동일한 정차장에 멈추며, 그리고 똑같이 증기의 은혜를 입지 않으면 안 된다. 사람들은 기차에 탄다고 말한다. 나는 실린다고 말한다. 사람들은 기차로 간다고 말한다. 나는 운반되는 것이라고 말한다. 기차만큼 개성을 경멸하는 것도 없다. 문명은 가능한 모든 수단을 동원하여 개성을 발달시킨 후, 가능한 모든 방법으로 이 개성을 짓밟으려 한다. 한 사람당 몇 평 몇 홉의 지면을 주고 그 지면 안에서는 잠을 자든 일어나든 마음대로 하라는 것이 지금의 문명이다. 동시에 이 몇 평 몇 홉의 주위에 철책을 설치하고 그 너머로는 한 발짝도 나가서는 안 된다고 협박하는 것이 지금의 문명이다. 몇 평 몇 홉 안에서 자유를 마음껏 누리던 자가 그 철책 밖에서도 자유를 마음껏 누리고 싶어 하는 것은 자연스러운 기운이다. 가엾은 문명의 국민들은 밤낮으로 이 철책에 매달려 포효하고 있다. 문명은 개인에게 자유를 주어 호랑이처럼 날뛰게 만든 뒤, 그것을 함정 안에 던져넣어 천하의 평화를 유지하고 있다. 이 평화는 참된 평화가 아니다. 동물원의 호랑이가 구경꾼을 노려보며 누워 있는 것과 같은 평화다. 우리의 철봉이 하나라도 빠져버리면, 세상은 엉망진창이 되어버린다. 제2의 프랑스혁명은 이러한 때에 일어나는 것이리라. 개인의 혁명은 지금 이미 밤낮으로 일어나고 있다. 북유럽의 위인인 입센[3]은 이러한 혁명이 일어나는 상태에 대해서, 그 예증을 우리에게 자세히 보여주었다. 나는 기차가 모든 사람을 구별 없이 화물처럼 알고 맹렬하게 달리는 모습을 볼 때마다 객차 안에 갇혀버린 개인과, 그 개인의 개성에는 추호의 주의조차 기울이지 않는 이 철마를 비교해보고 '위험하다, 위험해. 조심하지 않으면 위험하다.'고 생각한다. 현대의 문명은, 이 '위험하다.'가 코를 찌를 정도로 충만해 있다. 캄캄한 앞을 향해 맹동(盲動)하는 기차는 위험한 표본 가운데 하나다.

정차장 앞의 찻집에 앉아 쑥떡을 바라보며 기차론을 생각했다. 이는 사생첩에 쓸 이유도 없고 사람들에게 이야기할 필요도 없기에 말없이 떡을 먹으며 차를 마셨다.

맞은편 의자에는 두 사람이 앉아 있었다. 똑같이 짚신을 신고 한 사람은 빨간 담요, 한 사람은 옅은 옥색 작업복4)의 무릎에 천을 덧대었고, 천으로 덧댄 곳을 손으로 누르고 있었다.

"역시 안 될까?"

"안 돼."

"소처럼 위가 2개였으면 좋겠어."

"2개 있으면 더할 나위 없지. 하나가 안 좋아지면 잘라내면 그만이니."

---

3) Henrik Ibsen(1828~1906). 노르웨이의 극작가. 근대극의 창시자로 알려져 있다. 여성해방을 주제로 한 『인형의 집』 등을 집필하여 진보적이고 위험한 사상가로 주목받았다.
4) 모모히키(股引). 통이 좁은 바지. 작업복으로 많이 입었다.

이 시골사람은 위장병에 걸린 모양이었다. 그들은 만주 벌판에서 부는 바람의 냄새조차 알지 못한다. 현대문명의 폐해도 알아차리지 못한다. 혁명이란 어떤 것인지, 그 단어조차 들어본 적이 없으리라. 어쩌면 자신의 위가 하나인지 둘인지, 그것조차 구별하지 못할지도 몰랐다. 나는 사생첩을 꺼내 두 사람의 모습을 그려두었다.

찌르릉찌르릉 벨이 울렸다. 표는 미리 사두었다.

"그만 가죠."라며 나미 씨가 일어났다.

"영차."하며 노인도 일어났다. 일행 모두 개찰장을 지나 플랫폼으로 나갔다. 벨이 자꾸만 울렸다.

땅을 울리는 소리가 나더니 하얗게 빛나는 철로 위를 문명의 기다란 뱀이 꿈틀거리며 다가왔다. 문명의 기다란 뱀이 입에서 검은 연기를 내뿜었다.

"마침내 작별이로구나."라고 노인이 말했다.

"그럼, 건강하세요."하며 규이치 씨가 머리를 숙였다.

"죽어서 오도록 해."라고 나미 씨가 다시 말했다.

"짐은 왔어?"라고 오빠가 물었다.

뱀이 우리 앞에 멈추었다. 옆구리의 문이 몇 개고 열렸다. 사람들이 나오기도 하고 들어가기도 했다. 규이치 씨가 탔다. 노인도 오빠도 나미 씨도 나도 밖에 서 있었다.

차바퀴가 일단 돌기 시작하면 규이치 씨는 이미 우리 세상의 사람이 아닐 터였다. 멀고 먼 세계로 가버릴 터였다. 그 세계에서는 화약 냄새 속에서 사람들이 움직이고 있다. 그리고 붉은 것에 미끄러져 마구 넘어진다. 하늘에서는 커다란 소리가 타당, 타당 울린다. 지금부터 그런 곳으로 가야 할 규이치 씨는 차 안에 서서 말없이 우리를 바라보고 있었다. 우리를 산 속에서 끌어낸 규이치 씨와 끌려나온 우리의 인연은 여기서 끊어질 터였다. 벌써 끊어지려 하고 있었다. 차의 문과 창이 열려 있을 뿐, 서로의 얼굴이 보일 뿐, 가는 사람과 남는 사람 사이가 6자쯤 떨어져 있을 뿐, 인연은 벌써 끊어지려 하고 있었다.

차장이 덜컥덜컥 문을 닫으며 이쪽으로 달려오고 있었다. 하나를 닫을 때마다 가는 사람과 보내는 사람의 거리는 더욱 멀어졌다. 마침내 규이치 씨가 타고 있는 차실의 문도 덜컥 닫혔다. 이제 세계는 2개가 되었다. 노인이 자신도 모르게 창가로 다가섰다. 청년이 창으로 얼굴을 내밀었다.

"위험해요, 떠날게요"라는 목소리 아래로 미련 없는 철마의 소리가 덜컹덜컹 박자를 맞추며 움직이기 시작했다. 창이 하나하나 우리 앞을 지나쳤다. 규이치 씨의 얼굴이 작아졌으며, 마지막으로 삼등열차가 내 앞을 지날 때 창 속에서 또 하나의 얼굴이 나왔다.

바랜 갈색 중절모 아래로 수염투성이 떠돌이무사가 아쉽다는 듯 고개를 내밀었다. 그때 나미 씨와 떠돌이무사의 얼굴이 마주치고 말았다. 철마는 덜컹덜컹 굴러갔다. 떠돌이무사의 얼굴은 곧 사라졌다. 나미 씨는 망연히 떠나는 기차를 바라보았다. 그 망연함 속에는 신기하게도 지금까지 한 번도 본 적이 없었던 '애틋함'이 가득 드러나 있었다.

"그거다! 그거야! 그게 드러나면 그림이 됩니다."라고 내가 나미 씨의 어깨를 두드리며 작은 목소리로 말했다. 나의 가슴속 화면이 이 한순간에 이루어진 것이다.

◎ 나의 『풀베개』

대체 소설이란 무엇일까. 일정한 정의가 있기나 한 걸까. 내가 보기에 세상의 진상을 파헤치는 내용을 쓴 심리소설이나, 하나의 철리를 드러내는 경향소설이나, 주로 시대의 폐해만을 폭로하는 일종의 경향소설이나, 혹은 주마등같은 세상의 일들을 아무런 플롯도 없이 있는 그대로 묘사하는 것이나, 그 외에도 여러 가지 종류는 있으나 이들 일반적으로 소설이라 칭하는 것들의 목적은 반드시 아름다운 느낌을 토대로 하고 있는 것만은 아닌 듯 여겨진다. 더러워도, 불유쾌해도 전혀 신경을 쓰지 않는 듯하다. 그저 세상 속의 인간은 이런 법이다, 세상 속에는 이렇게나 더러운 일도 있다, 이런 폐해가 있다, 인간은 이렇게까지 무시무시한 존재라는 사실을 독자에게 이해시키기만 하면 되는 것인 듯하다. 만약 거기에 더해서 어떤 느낌을 주려 하는 것이 있다면 그것은 다음과 같은 것이리라. 즉, 따라서 인간은 일을 하지 않으면 안 된다, 정직하지 않으면 안 된다, 악한 자에게는 저항해나가지 않으면 안 된다, 세상은 고통스럽지만 견디지 않으면 안 된다, 만사 어긋나서 번번이 실망하고 낙담하지만 그래도 늘 희망을 가지고 나아가지 않으면 안 된다, 고. 다시 말하자면 세상 속에 서서 어떻게 살아가야

하는지 해결하는 것이 주된 목적인 듯하다.

만약 이것만이 오늘날의 소설이라고 한다면 아름다움을 묘사하겠다는 주의는 필요 없는 것이다. 그저 사실을 묘사하기만 하면 설령 아름다운 느낌은 조금도 전달하지 못한다 할지라도 전혀 상관없는 셈이 된다.

하지만 문학 역시 적어도 아름다움을 나타내는 인간의 표현법 가운데 일부분인 이상, 문학의 일부분인 소설도 마찬가지로 아름다운 느낌을 주는 것이어야만 하리라. 물론 정의에 따라서 달라지기는 할 테지만, 만약 이 정의에 잘못된 점이 없어서 소설은 아름다움을 떠날 수 없는 것이라고 한다면 실제로 아름다움을 파괴하고도 전혀 개의치 않는 작품 가운데 걸작이라 불리는 것이 있다는 것은 우스운 일이다. 나는 그것이 마음에 걸린다.

나의 『풀베개』는 이 세상에서 일반적으로 말하는 소설과 전혀 반대가 되는 의미로 쓴 것이다. 그저 하나의 느낌, 아름다운 느낌이 독자의 머릿속에 남기만 한다면 그것으로 만족한다. 그 외에 특별한 목적이 있는 것은 아니다. 그렇기에 플롯도 없고 사건의 발전도 없다.

여기서 사건의 발전이 없다는 것은 이런 의미다. 그 『풀베개』는 조금 특이하고 묘한 관찰을 하는 한 화공이 우연히 한 미인과 해후하여 그녀를 관찰하는데, 그 미인, 즉 작품의 중심이라 할 수 있는 인물은 늘 같은 곳에 서서 조금도 움직이지 않는다. 그것을 화공이 혹은 앞에서, 혹은 뒤에서, 혹은 왼쪽에서, 혹은 오른쪽에서, 여러 방면에서 관찰한다. 단지 그것이 전부다. 중심이 되는 인물이 조금도 움직이지 않으니 거기서 사건이 발전할 수 있을 리 없다.

그런데 일반적인 소설에서라면 이 주인공은 갑의 지점에서 을의 지점으로 이동한다. 바로 거기에 사건의 발전이 있다. 이러한 경우에 작자는 제3의 지점에 서서 사건이 발전해가는 것을 관찰하지만, 『풀베개』의 경우는 이와 정반대여서 작중의 중심인물은 오히려 움직이지 않고 관찰하는 사람이 움직인다.

따라서 사건의 전개만을 소설이라고 생각하는 사람에게 『풀베개』는 이해할 수 없는 것일지도 모른다. 재미없을지도 모른다. 그러나 그것은 신경 쓸 일이 아니다. 나는 단지 독자의 머리에 아름답다는 느낌이 남기만 하면 그것으로 만족한다. 만약 『풀베개』가 이 아름다운 느낌을 독자에게 조금도 부여하지 못한다면 이는 곧 실패작, 다소나마 부여한다면 이는 곧 얼마간 성공한 것이라 할 수 있다.

또한 나의 작품은 걸핏하면 논의에 빠진다고 비난하는 목소리가 있다. 그러나 나는 일부러 그렇게 하는 것이다. 만약 그것으로 인해서 독자에게 부여하는 좋은 느낌이 방해를 받는다면 안 되겠지만, 그와 반대로 오히려 그것을 돕는다면 논의를 하든 그 무엇을 하든 상관없는 일 아니겠는가. 요컨대 더러운 것이나 불유쾌한 것은 전부 피하고 단지 아름답다는 느낌을 전해주기만 하면 그것으로 좋은 것이다.

일반적으로 말하는 소설, 즉 인생의 진상을 맛보게 해주는 소설도 좋지만, 그와 동시에 인생의 괴로움을 잊게 해주어 위로를 부여하는 의미의 소설 역시 존재해도 좋다고 생각한다. 나의 『풀베개』는 물론 후자에 속하는 것이다.

이러한 종류의 소설은 지금까지 존재하지 않았던 듯하다. 또한 많은 작품을 쓸 수는 없을지도 모르겠다. 그러나 소설계의 일부에 이런 의미의 작품도 존재하지 않으면 안 된다고 생각한다.

알기 쉬운 예를 들어서 말하자면 종전의 소설은 센류[1]적이다. 진상 규명을 주로 한다. 그러나 그 외에 아름다움을 생명으로 하는 하이쿠적(俳句的) 소설 역시 있어도 좋다고 생각한다. 물론 종전의 소설 속에 이러한 분자가 전혀 없다고 말하려는 것은 아니다. 당연히 아름다운 느낌을 부여해주는 것도 있으나, 그것이 주는 아니다. 더러운 것도 회피하지 않고 아무렇지도 않게 묘사한다.

따라서 만약 이 하이쿠적 소설—이름은 조금 이상하지만—이 성립된다면 문학계의 새로운 경지를 개척하는 셈이 된다. 이러

---

1) 川柳. 하이쿠와 마찬가지로 5 · 7 · 5구 17음으로 된 단시이나, 하이쿠처럼 일정한 형식에 얽매이지 않고 소재도 일상생활이나 풍속 등에서 가져오며 내용도 풍자적인 것이 많다.

한 종류의 소설은 서양에도 아직 없었던 듯하다. 일본에는 물론 없다. 그것이 일본에서 생겨난다면 무엇보다 소설계의 새로운 운동이 일본에서 일어났다고 말할 수 있으리라.

1906년 11월 『문장세계』

◎ 해 설

고미야 도요타카(小宮豊隆)

소세키가 『풀베개』를 언제부터 쓰기 시작했는지 그 정확한 시기는 알 수 없다. 그러나 메이지 39년(1906) 8월 3일에 소세키가 모리타 소헤이(森田草平)에게 보낸 편지에 <오늘 슌요도(春陽堂)의 혼다 쇼게쓰(本多嘯月) 선생께서 재촉을 겸하여 찾아오셨네. 나는 그저그저 땀을 흘리며 원고지로 향할 뿐. 꽤나 답답하네. ……>라고 적고, 또 <이번 소설의 일부분은 어쩌면 마음에 들지도 모르겠으나, 사실은 자네 정도가 마음에 들어 하지 않는다면 천하에 마음에 들어 할 자가 없으리라 여겨지네. 소세키 선생, 허명을 끌어안고 매달 지기(知己)를 후세에 기다려서는 딱한 일일세.>라고 쓴 것을 보면, 『풀베개』에 대한 복안은 그 이전에 이미 완성되었을지 모르겠으나 그것을 쓰기 시작한 것은 대략 1906년 8월 3일 부근이 아니었을까 추측된다. 같은 해 8월 10일에 고미야 도요타카에게 보낸 소세키의 엽서에 의하면 『풀베개』를 탈고한 것은 8월 9일이다. 소세키는 『풀베개』를 대충 일주일쯤 사이에 완성한 것인 듯하다. 그리고 이것은 1906년 9월 1일에 발행된 『신소설』을 통해 발표되었다. 그 『신소설』은 8월 27일에 시장에 나왔으며 29일에 전부

팔려버렸기에 순요도에서는 끝내 광고를 하지 못했다고 한다.

　『풀베개』의 작의에 관해서는 1906년 9월 30일에 모리타 소혜이에게 보낸 편지에서 소세키 자신이 상당히 자세히 설명을 해주었다. 또한 1906년 11월의 『문장세계』에는 『나의 「풀베개」』라는 제목으로 소세키 자신의 담화를 필기한 내용이 실렸다. 한마디로 말하자면 『풀베개』는 지금까지의 소설에 익숙한 눈으로 보자면 도저히 소설이 될 것 같은 않은 제재를, 지금까지의 소설가가 꿈에서조차 생각하지 못했던 입장에서 다루어, 지금까지의 소설 이외에 이런 소설 역시 충분히 성립될 수 있다는 사실을 자신이 직접 증명한 파격적인 소설이다. 소세키는 『나의 「풀베개」』에서 <나의 『풀베개』는 이 세상에서 일반적으로 말하는 소설과 전혀 반대가 되는 의미로 쓴 것이다. 그저 하나의 느낌, 아름다운 느낌이 독자의 머릿속에 남기만 한다면 그것으로 만족한다. 그 외에 특별한 목적이 있는 것은 아니다. 그렇기에 플롯도 없고 사건의 발전도 없다.> — <종전의 소설은 센류적이다. 진상 규명을 주로 한다. 그러나 그 외에 아름다움을 생명으로 하는 하이쿠적(俳句的) 소설 역시 있어도 좋다고 생각한다.> — <따라서 만약 이 하이쿠적 소설—이름은 조금 이상하지만—이 성립된다면 문학계의 새로운 경지를 개척하는 셈이 된다. 이러한 종류의 소설은 서양에도 아직 없었던 듯하다. 일본에는 물론 없다. 그것이 일본에서 생겨난다

면 무엇보다 소설계의 새로운 운동이 일본에서 일어났다고 말할 수 있으리라.>라고 말했다. 그리고 소세키는 1906년 8월 28일에 고미야 도요타카에게 보낸 편지에 <이번에는 신소설을 썼네. 9월 1일 발행되는 것에 풀베개라는 제목으로 실리네. 꼭 읽어주기 바라네. 이런 소설은 천지개벽 이후 유례가 없는 것이네(개벽 이후의 걸작이라고 오해해서는 안 되네).>라고 적었다. 그 작품성에 대한 자신감은 어땠을지 모르겠으나 이를 쓸 때 소세키의 포부는 커다란 것이었다. 이는 물론, 한편으로 말하자면 당시 대두하고 있던 문단의 자연파적 경향에 대해 분명하게 안티테제를 놓은 것이기도 했으나, 소세키는 그 이상으로 여기서 서양적인 것에 대한 안티테제로서 일본적인 것, 혹은 동양적인 것의 고창(高唱)을 꾀한 것이다.

『풀베개』의 제6장에는 주인공인 화공이 <저물녘의 책상에 앉>아 <무엇인지도 모를 주변의 풍광에 자신의 마음을 빼앗>긴 채, <자신의 마음을 빼앗은 것이 무엇인지조차> 의식하지 못하는 <아득하여 뭐라 이름하기 어려운 즐거움> 속에 놓여 <충융이네 담탕이네 하는 시인의 말은 이러한 경지를 가장 절실하게 유감없이 표현한 것>임에 틀림없을 테지만, 이를 그림으로 표현하려면 대체 어떻게 해야 좋을지 여러 가지로 생각해보는 장면이 묘사되어 있다.

<보통의 그림은, 느낌은 없어도 사물만 있으면 그릴 수 있다.

두 번째 그림은 사물과 느낌이 양립하면 그릴 수 있다. 세 번째에 이르면 존재하는 것이라고는 오로지 심상뿐이기에 그림으로 그리려면 반드시 이 마음에 알맞은 대상을 고르지 않으면 안 된다. 그러나 그러한 대상은 쉽사리 나타나지 않는다. 나타난다 할지라도 쉽사리 정리되지 않는다. 정리된다 할지라도 자연계에 존재하는 것과는 정취가 전혀 다른 경우가 있다. 따라서 보통 사람들이 보기에는 그림이라고 받아들이지 못한다. 그린 당사자도 자연계의 국부가 재현된 것이라고는 인식하지 않는다. 그저 감흥이 일어난 순간의 심상을 얼마간이라도 전달하여 감각하기 어려운 무드에 다소나마 생명을 부여하기만 해도 대성공이라 여기고 있다. …… 어느 지점까지 이러한 유파에 손을 댈 수 있었던 사람을 들어보자면 문여가의 대나무가 있다. 운코쿠 문하의 산수가 있다. 시대를 내려와 다이가도의 풍경이 있다. 부손의 인물이 있다. ……> ― <안타깝게도 셋슈, 부손 등이 애써 묘사해낸 일종의 기품 있는 세계는 너무나도 단순하고 또 너무나도 변화가 결핍되어 있다. 필력이라는 점에서 말하자면 이들 대가에 도저히 미치지 못하지만, 지금 내가 그림으로 그려보려 하는 심상은 조금 더 복잡한 것이었다. 복잡한 것인 만큼 아무래도 1장 안에는 느낌을 담을 수가 없었다. …… 색, 모양, 분위기가 이루어져 나의 마음이, 아아 여기에 있었구나 하고 곧 스스로를 인식할 수 있도록 그리지 않으면 안 된다. …… 이러한 분위기만 나온다면 남들이 보고 뭐라고 말하든

상관없을 터였다. 그림이 아니라고 호통을 쳐도 원망하지는 않을 터였다. 하다못해 색의 배합이 이러한 심상의 일부를 대표하고, 선의 곡직이 이러한 마음의 일부분을 표현하고, 전체의 배치가 이러한 풍취를 얼마간 전달할 수 있다면 형태가 되어 나타난 것은 소든 말이든, 혹은 소도 말도 아무것도 아니든 마다하지 않을 터였다. 마다하지 않을 테지만 아무래도 그릴 수가 없었다.>

이렇게 해서 화공의 머리는 그림에서 음악으로, 음악에서 시로 옮겨간다. 화공은 이러한 심상을 시로 표현하면 어떨까 생각한다.

<레싱이라는 사내는 시간의 경과를 조건으로 일어나는 사건이 시의 본령인 것처럼 논하고 시와 그림은 하나가 아니라 두 가지 양식이라는 근본의를 세운 것으로 기억하고 있는데, 시를 그렇게 본다면 지금 내가 발표하려 조바심치고 있는 경지는 도무지 시가 될 것 같지 않았다. 내가 기꺼워하고 있는 심리의 상황에 시간은 있을지 모르겠으나 시간의 흐름에 따라서 순차적으로 전개되어야 할 사건의 내용은 없었다. 1이 떠나고 2가 오고, 2가 사라지고 3이 태어나기에 기쁜 것이 아니었다. 처음부터 아득하게 한 곳에 붙들어놓은 듯한 정취 때문에 기쁜 것이었다. 이미 한 곳에 붙들어놓은 이상 혹시 이것을 보통의 언어로 번역한다 할지라도 재료를 반드시 시간적으로 배치할 필요는 없으리라. 역시 회화와 다름없이 공간적으로 풍물을

배치하기만 하면 되리라. 단지 어떠한 정경을 시 속으로 가져와서 이 망막하고 모호한 모습을 묘사할지가 문제로, 이미 그것을 포착한 이상은 레싱의 설에 따르지 않아도 시로서 성공할 수 있는 셈이다. 호머가 어떻든 버질이 어떻든 상관없다. 만약 시가 일종의 무드를 드러내기에 적합한 것이라고 한다면 이 무드는 시간의 제한을 받아 순차적으로 진척하는 사건의 도움을 빌리지 않아도 단순히 공간적인 회화상의 요건을 충족하기만 하면 언어로 묘사할 수 있는 것이라고 생각한다.>

생각이 여기에까지 이르자 화공은 마지막으로 시를, 한시를 짓기로 결심한다. 그렇게 해서 완성된 것이 <靑春二三月(청춘이 삼월) / 愁隨芳草長(수수방초장)>으로 시작되는 오언 고시다.

이는 물론 『풀베개』의 주인공인 화공의 의견이다. 그러나 이는 동시에 소세키가 왜 『풀베개』를 썼는지, 어째서 『풀베개』와 같은 형식의 소설을 쓰지 않으면 안 되었는지에 대한 이유를 분명하게 설명한 말인 것처럼, 내게는 여겨진다.

『풀베개』의 화공이 봄날 <저물녘의 책상에 앉>아 느낀 <아득하여 뭐라 이름하기 어려운> 즐거움이 소세키의 내면에서도 움직이고 있었던 것이다. 게다가 그것은 『풀베개』의 화공이 <나의 느낌은 밖에서 온 것이 아니었다. 설령 왔다 할지라도 나의 시계에 놓여 있는 일정한 풍물이 아니기에 이것이 원인이라고 손가락을 들어 사람들에게 분명히 가리킬 수는 없었다. 있는 것이라고는 오로지 심상뿐이었다.>라고 말한 것처럼, 마음속의 <망막하고 모호한 모습>으로 <1이 떠나고 2가 오고, 2가 사라지고 3이 태어나기에 기쁜 것이 아니>라 반대로 <처음부터 아득하게 한 곳에 붙들어놓은 듯한 정취 때문에> 즐거운 것이기에 <일정한 풍물>만을 묘사하거나 <시간적으로 재료를 배치>하여 사건을 발전시키는 것으로는 사람들에게 도저히 온전하게 전달할 수 없는, 특수한 무드인 것이다. 따라서 소세키는 화공이 이를 <언어로 번역>하려 할 때, <시간의 경과를 조건으로 일어나는 사건이 시의 본령>이라고 논한 레싱의 설을 무시하고 <회화와 다름없이 공간적으로 풍물을 배치하기만> 한 한시를 채택한 것처럼, 이를 <언어로 번역>하기 위해서는 반드시 레싱의 설을 무시하고 <플롯도 없고 사건의 발전도 없>는, 전체가 거의 공간적인 회화적 요소로만 이루어진 『풀베개』를 창조할 수밖에 없었던 것이다.

소세키는 예전에 부손의 <두견이 헤이안 성을 비스듬히>라는 구에 대해서 '부손의 어떤 특수한 심경을 단면적으로 날카롭게 도려내어 보여준 것으로, 이때 '두견이'와 '헤이안 성'과 '비스듬히'는 필경 그 심경의 단면을 날카롭게 도려내어 보여주기 위한 도구에 지나지 않는다. 작자의 입장에서 말하자면 '두견이'도 그렇고 '헤이안 성'도 그렇고 '비스듬히'도 그렇고 이러한 단어는 사실 아무래도 상관없는 것들이다. 따라서 독자는 단지 <두견이 헤이안 성을 비스듬히>라고 들은 순간 퍼뜩 떠오른 것을 분명히 받아들이기만 하면, 그 '두견이'가 어떻다는 둥,

'헤이안 성'이 어떻다는 둥, '비스듬히'가 어떻다는 둥 하는 말들 하나하나를 하나하나 천착하지 않아도 이 구의 맛을 충분히 맛본 것이다.'라는 의미의 말을 한 적이 있었다. 소세키가 『풀베개』에서 의도한 것도 바로 그것이었다. 『풀베개』의 화공이 벚꽃이 가득 핀 산 속을 걷는 것도, 눈 아래 멀리로 유채꽃을 바라보는 것도, 산 속에서 비에 젖는 것도, 고개 위 찻집의 할머니를 만나는 것도, 말의 방울소리를 듣는 것도, 마부를 만나는 것도, 혹은 온천장에서 묵는 것도, 나미와 만나는 것도, 이발점의 주인과 이야기를 나누는 것도, 간카이지의 스님을 찾아가는 것도 전부 <아득하여 뭐라 이름하기 어려운> 소세키의 마음속 즐거움을 표현하기 위한 단순한 도구에 지나지 않는다. 소세키의 입장에서 말하자면 그러한 도구를 통해서 <그저 하나의 느낌, 아름다운 느낌이 독자의 머릿속에 남기만 한다면> 그것으로 충분한 것이다. 그런 의미에서 이 『풀베개』의 장소가 어디라는 둥, 고개의 찻집이 어떻다는 둥, 나미는 누구를 모델로 한 것이라는 둥, 쓸데없는 천착에 빠지는 것은 길 밖으로 벗어나는 것과 다를 바 없는 일이다. 소세키가 이것을 '하이쿠적 소설'이라고 부른 것도 어쩌면 당연하다. 그리고 이것은 역시 같은 이유에서 '한시적 소설'이라고도 부를 수 있다. 적어도 화공이 『풀베개』에서 지은 한시는 <청춘이삼월 / 수수방초장>도 그렇고 <出門多所思(출문다소사) / 春風吹吾衣(춘풍취오의)>도 그렇고 전부 『풀베개』의 키노트를 이루고 있다고 봐도 좋으리라.

　그리고 이러한 점에 『풀베개』가 <천지개벽 이후 유례가 없는> 소설인 이유가 있는 것이다. 동시에 그런 점에 『풀베개』가 서양적인 것에 대한 안티테제로서의 일본적인 것, 혹은 동양적인 것의 고창인 이유가 있는 것이다. 인간을 벗어나서 순수하게 자연의 아름다움에만 환희하는 마음은, 혹은 인간까지도 자연의 한 풍물로 보아 그 인간에게서 자연의 아름다움과 같은 아름다움을 느낄 수 있는 마음은 일본 특유의, 혹은 동양 특유의 마음에 다름 아니기 때문이다. 소세키가 『풀베개』에서 이야기한 '비인정'은 바로 이것을 말하는 것이다.

　소세키에 의하면, 『풀베개』에서 주장하고 있는 '비인정'은 하이쿠 · 한시 · 사생문을 관통하여 흐르고 있는 작가의 특수한 태도를 말한다. 따라서 이것은 하이쿠적 취미라고도, 한시적 취미라고도, 사생문적 취미라고도, 그리고 훗날 소세키가 한 말을 빌리자면 저회취미라고도 부를 수 있는 것이다. 그리고 이는 어떤 의미에서 말하자면 소세키가 만년에 말한 '칙천거사1)'와도 밀접한 관계가 있는 것이다.

　우리가 자연의 아름다움에 감동하여 기쁨을 느낄 때, 그

---

1) 則天去私. 소세키가 만년에 문학 · 인생의 이상으로 삼았던 경지. 자아의 초극(超克)을 자연의 도리에 따라 살아가는 데서 구하려 한 경지. '칙천거사'는 소세키 자신이 만들어낸 말이다.

기쁨 속에 '인정'은 조금도 섞여 있지 않다. 소세키가 예전에 지은 구를 빌려 말하자면 <보는 동안에는 나도 부처의 마음이로구나>라고 할 수 있다. 우리는 그때 우리 자신의 이해(利害)를 떠나서 대상의 아름다움을 순수하고 정당하게 인식할 수 있다. 그러나 우리가 현실사회에서 살며 인간과 인간의 교섭이 시작되면, 피아 모두 인정의 전기에 감전되고 이해의 인과에 속박되어 우리는 어쨌든 아름다운 것조차 순수하고 정당하게 아름다운 것으로 인식하지 못하며, 추한 것도 순수하고 정당하게 추한 것이라고 인식하지 못하고, 사랑함에 있어서도, 미워함에 있어서도 늘 '나(私)'로 기울어버리는 경우가 매우 많다. 그것이 정곡을 찔러 잘못이 없게 하기 위해서는, 그렇게 모든 것을 처리하면서도 공평무사하게 하기 위해서는, 인정을 초월하고 시비를 떠나고 이해를 파괴하여 '비인정'의 태도를 체득하지 않으면 안 된다. 이러한 태도의 체득을 지향하는 것이 '칙천거사'의 길이다.

물론 『풀베개』 속 화공의 '비인정'의 세계는 이런 의미에서의 '비인정'의 세계는 아니다. 그것은 말하자면 선악의 너머에 있는 '비인정'의 세계다. 예술지상주의적 '비인정'의 세계, 엄밀하게 말하자면 일반적으로 이야기하는 이른바 예술지상주의에서 근본적으로 도덕에 저촉될 법한 것을 뽑아낸 예술지상주의적 '비인정'의 세계다. 『풀베개』의 화공은 이미 '인정'의 세계에서 살며 <괴로워하기도 하고 화를 내기도 하고 떠들어대기도 하고

울기도> 하는 일이 <지긋지긋>했기에 <속념을 내버리고 잠시나마 속계에서 떠난 마음이> 되기 위해서 '비인정'의 여행에 나선 것이라고 말하고 있다. 여기서 화공은 인생에 대한 수업으로 그러한 '비인정'의 태도를 체득하기 위해, 자신의 인격 속에 그것을 기본 바탕으로 받아들이려 노력하기 위해 여행에 나선 것은 아니다. 반대로 잠시 동안이어도 상관없으니 '인정'의 세계에서 떠나 자연의 아름다움 속에만 잠겨서 가령 인간이 나와도 그것을 자연의 한 조각으로 보아 자연의 아름다움으로 받아들이려 하는, 이해를 떠난 기쁨을 받아들이려 하는, 이른바 '비인정'도락의 여행이다. 따라서 여기서는 인간의 아름다움이 아니라 자연의 아름다움이 중히 여겨진다. 혹은 윤리에 저촉되지 않는 범위 내에서의 온갖 아름다움이 추구된다. 그러한 점에서 『풀베개』 속 화공의 '비인정'은 소세키 만년의 윤리적 이상인 '칙천거사'와 동일하게 논할 수는 없을 테지만, 『풀베개』 속 화공은 '비인정'도락의 여행을 통해서 '비인정'한 태도로 세상을 바라보면 세상 속의 아름다움을, 혹은 추함을 얼마나 정확히 인식할 수 있는지를 통절하게 경험했으리라. 가령 화공이 나코이의 온천에서 내려와 다시 '인정'의 세계로 돌아간다면 거기서 다시 <괴로워하기도 하고 화를 내기도 하고 떠들어대기도 하고 울기도> 하는 일이 되풀이된다 할지라도 나코이의 온천에서 보냈던 며칠 동안의 '비인정'에 의한 아름다운 체험이 화공의 머릿속에 언제까지고 남아 화공의 생활을 정갈히 해주고, 또 화공으로 하여금 만약 자신의 일상생활에서 당시와 같은 태도를 취할 수만 있다면 자신의 생활은 훨씬 더 아름답고 고상한 것이 될 수 있으리라는 생각에 이르게 할 것은 극히 당연한 일이라고 해도 좋으리라. 화공의 생각이 거기에까지 미친다면 그에게 '비인정'한 태도를 체득하기 위한 인생수업의 길이 열리리라. 다시 말하자면 그때야말로 『풀베개』 속 화공의 '비인정'이 소세키 만년의 '칙천거사'와 굳게 손을 잡게 되는 것이다.

단, 화공이 이처럼 '비인정'한 태도로 바라본 세계를 하이쿠나 한시나 사생문으로 쓴다면 모르겠지만 소설로, 그것도 200쪽에 가까운 긴 소설로 적절하게 표현하기란 거의 불가능에 가까운 일 아니었을까 여겨진다. 공간적, 회화적인 요소만으로 그것을 표현하려 하는 것도 좋을 테지만, 그러나 그렇게 하면 자칫 전체가 따로따로 흐트러져 일관성 없는 것이 될 우려가 충분히 있기 때문이다. 소설에 일관성을 부여하는 가장 손쉬운 방법은 무엇인가 사건을 만들어 그 사건을 발전시키고 뒤얽히게 하고 마지막으로 그것을 해결하는 것이다. 그러나 이는 소세키가 쓰려 하고 있는 소설의 성질상 소세키가 용납할 수 없는 방법이었다. 따라서 소세키는 우선 '비인정'의 세계란 어떤 세계를 가리키는 것인지, 또한 그것이 '인정'으로 충만한 이 세상에서 어떤 의의를 가지고 있는지, 그러한 '비인정'에 관한 논의를 중간에 삽입함으로 해서 전체적인 통일성을 부여하려 했다.

그리고 소세키는 나미라는 온천장의 딸을 점출(点出)해내 그 여자에게 여러 가지 별난 언어·동작을 부여하고, 화공에게 나미가 죽어 물 위에 떠 있는 장면의 그림을 상상케 하고, 역시 화공에게 현재 나미의 어떤 표정도 자신이 상상하고 있는 장면 속 나미의 얼굴로 쓰기에는 적당하지 않다는 사실을 관찰케 함으로 해서 전체에 제2의, 그리고 보다 구체적인 통일성을 부여하려 했다. 이 모두에서 성공을 거두어 『풀베개』는 거의 전부 공간적, 회화적인 요소로만 이루어져 있음에도 불구하고 결코 산만한, 예를 들어서 옛날의 서툰 두루마리 그림과 같은 느낌은 주지 않는다.

그러나 다른 한편으로 『풀베개』에 일관성을 부여하는 방법에는 그만큼 무리가 있고, 과장이 있고, 억지스러움이 있어서 전체적으로 아름답기는 아름답지만 어딘가 조화 같은 느낌을 주는 부분이 있다는 점도 부정할 수는 없다. 특히 좋지 않은 것은 제2의 통일성을 부여하기 위해 사용한 나미다. 나미의 별난 언어와 동작이다. 나미만큼 작위로 가득한, 비아냥거리는, 부자연스러운 모조적 여성은 거의 유례가 없는 듯 여겨진다.

물론 소세키도 그 사실을 깨닫지 못했던 것은 아니었던 듯, 화공으로 하여금 <그 여자를 배우로 삼으면 훌륭한 여배우가 되리라. 일반적인 배우는 무대에 나서면 남을 의식하는 연기를 한다. 그 여자는 집 안에 상주하며 연극을 하고 있었다.>라거나,

<그 여자의 행위를 연극으로 보지 않으면 섬뜩해서 하루도 버티지 못할 것이다. 의리네 인정이네 하는 평범한 소품을 배경으로 평범한 소설가와 같은 관찰점에서 그 여자를 연구한다면 자극이 너무 강해서 금방 싫증이 날 것이다.>라고 말하게 했다. 그러나 다른 한편으로 소세키는 그런 말 뒤에 다시 화공의 입으로 하여금 나미는 스스로 <연극을 하는 것이라고는 의식하지 못하고 있>다고 말하고, 나미를 <노, 연극, 혹은 시 속의 인물로만 관찰>하면 <그 여자는 지금까지 본 여자 가운데서도 가장 아름다운 행위를 했다. 스스로 아름다운 연기를 보여주고 있다는 의식이 없는 만큼 배우의 행위보다 더욱 아름>답다고까지 말하게 했다. 소세키는 이 나미의 언어·동작을 상당히 높게 평가하고 있었던 듯하다. 그러고 보면 이 『풀베개』의 선구라고도 할 수 있는 『하룻밤』 속 여자의 언동에도, 혹은 그 뒤의 『우미인초』 속 후지오(藤尾)의 언동에도, 더욱 후에 쓴 『산시로』 속 미네코(美禰子)의 언동에도 어딘가 이 나미와 상당히 농후하게 같은 피가 흐르고 있는 듯한 느낌이 든다. 이는 어쩌면 소세키가 여성에게 시적인 측면을 부여하려 할 때, 소세키의 머릿속에 그러한 여성의 원형이 되는 것이 있어서 그것이 끊임없이 소세키에게 작용하여 소세키가 창조하는 그러한 여성을 규정하고 있기 때문이 아닐까 여겨지기도 한다. 어쨌든 그러한 전형이 현실의 확실한 파악에서 온 것이 아니라, 반대로 소세키의 머릿속 기호(嗜好)와도 같은 것에서 왔다는

점만은 확실하다.

물론 소세키의 입장에서는 화공이 <색, 모양, 분위기가 이루어져 나의 마음이, 아아 여기에 있었구나 하고 곧 스스로를 인식할 수 있도록> 그림이 그려져 있기만 하면 <남들이 보고 뭐라고 말하든 상관없을 터였다. 그림이 아니라고 호통을 쳐도 원망하지는 않을 터였다.>라고 말한 것처럼 자신이 표현하고 싶었던 것을 이것으로 충분히 표현한 이상 남들이 보고 부자연스럽다고 하든, 과장이라고 하든, 혹은 비아냥거림이라고 하든, 그런 것은 아무래도 상관없었을지도 모르겠다. 또한 여기서 그러한 것에 구애받는다는 것은 부손의 구에서 '두견이'에게 구애받거나, '헤이안 성'에 구애받거나, '비스듬히'에 구애받는 것처럼 외도에 빠지는 것일지도 모른다. 이 『풀베개』만큼 자신이 쓰고 싶은 것을 쓰고 싶은 대로 방약무인하게 써내려간 소설은 거의 유례가 없다고 해도 좋을 듯하다.

1906년 8월 7일의 편지에서 소세키는 구로야나기 가이슈(畔柳芥舟)에게 <다가올 9월의 신소설에 소생의 예술관 및 인생관의 한 국부를 대표하는 소설이 실릴 예정이니 이를 꼭 좀 읽으시고 비평해주시기 바랍니다. 그러나 이것도 소세키의 모든 취미·의견은 아니라는 사실을 미리 말씀드립니다.>라고 말했다. <이것도>란, 소세키가 『고양이』 제11에 대한 가이슈의 비평에 대해서, '거기서 도후(東風)네 구샤미(苦沙弥) 등이 한 말은 전부 진리이기는 하나, 단지 일면의 진리에 지나지 않는다. 만약 내가 개성론을 논문으로 쓴다면 그러한 방면의 설과 반대 방면 양쪽이 작용하는 바를 논의할 생각'이라고 답한 것을 염두에 두고 한 말이다. 그리고 이 말은 소세키가 당시 끊임없이 자신 속에서 움직이고 있던 마음의 '일부'를 떼어내, 그것에 명확한 표현을 부여하려는 습관을 가지고 있었다는 사실을 나타내는 것이기도 하다. 『고양이』가 이미 그랬다. 『도련님』이 이미 그랬다. 『풀베개』 역시 바로 그랬다. 다시 말해서 『풀베개』는 소세키 예술관 · 인생관의 '일부'를 표명한 것이지 예술관 · 인생관의 '전부'를 표명한 것은 아니다.

'비인정'한 태도란 앞서도 이야기한 것처럼 자연을 보는 것과 같은 태도로 인간까지도 보려 하는 태도다. 가령 순수하게 그러한 태도로 인간을 바라볼 수는 없다 할지라도, 자신과의 사이에 함부로 '인정'의 전기가 흐르지 못하도록 주의를 기울이고 가능한 한 인간을 자연에 접근시켜서 보려 하는 것이 이러한 태도다. 그러나 당시의 소세키는 어떠한 경우에도 이러한 태도를 충분히 유지할 수 있으리라고는 생각지 않았다. 뿐만 아니라 당시의 소세키는 그 실생활에서 자신 속 '인정'의 과잉에 질식하는 것 아닐까 싶을 정도로 '인정' 속에 빠져 살던 사람이었다. 또한 그렇게 '인정'의 과잉에 괴로워했기에 '비인정'의 세계가 소세키에게는 구원이 되기도 하고 위로가 되기도 한 것일 테지만, 그러나 그런 만큼 '비인정'은 소세키의 '일부'이지 '전부'는 아니었던 것이다. 소세키 속의 다른 '일부'에서는 '인정'이 맹렬하게 소용돌이치고 있었던 것이다. 실제로 1906년 8월 31일, 즉 『풀베개』가 시장에 나온 지 닷새째 되는 날, 소세키는 다카하마 교시(高浜虚子)에게 보낸 편지에서 <선생님 놀랐습니다. 저의 셋째 딸이 적리(赤痢)에 걸린 듯하여 오늘 대학병원에 입원했습니다. 어쩌면 교통이 차단될지도 모릅니다. 병에 걸린 아이를 보는 것은 제 자신의 병보다 더 괴롭습니다. 더구나 죽을지도 모른다면 아무래도 고통스러워서 견딜 수가 없습니다. 만약 그 아이가 죽어 1년이나 2년쯤 지나면 소설의 재료가 될지도 모르겠습니다만, 걸작 따위는 쓰지 못한다 할지라도 아이가 건강하게 있어주는 것이 훨씬 더 좋습니다. 도저히 풀베개의 필법으로는 나아갈 수가 없습니다.>라고 말했다. 열흘이 지난 9월 10일, 소세키는 다카하마 교시에게 다시 편지를 보내 <아이의 병은 나날이 회복. 소생이 문안을 가도 아직 한 번도 말을 한 적이 없음. 풀베개의 작가의 아이답게 비인정하기 짝이 없음.>이라고 말했다. 소세키는 아이가 뭐라고 말을 해주었으면 좋겠다고 생각할 정도로 '인정' 넘치는 사람이었다. 그런데도 아이가 자신에게 한마디도 해주지 않았기에 소세키는 외로웠던 것이다.

물론 당시 소세키는 '비인정'한 세계의 즐거움을 알고 있었다. 그러나 소세키는 그 '비인정'한 세계를 자신의 인격 속에 기본 바탕으로 소유하고 있지는 못했으며, 역시 끊임없이 '인정'의 세계에서 방황하지 않으면 안 되었다. 그것이 특히 소세키에게 '비인정'한 세계를 동경하게 만들었다. 그런 의미에서 『풀베개』는 소세키의 유토피아이자, 또한 소세키의 '인공낙원'이었다. '인정'의 과잉에 시달리던 소세키는 자신을 풀어놓아 잠시 이곳에서 '비인정'의 '소요유(逍遙游)'를 시도했던 것이다.

　　『풀베개』의 무대가 히고[2]의 오아마(小天)라는 사실은 사람들의 천착에 의해서 거의 확정된 듯하다. 그리고 보면 소세키는 1897년 연말에서부터 1898년 정월에 걸쳐서 오야마 온천에 머물며 몇 편인가의 하이쿠를 지었다. 이는 『시키에게 보내는 하이쿠 원고』의 28, 그리고 1898년 1월 5일에 다카하마 교시에게 보낸 소세키의 편지에 의해서 명백히 밝혀졌다. 『풀베개』 제12장에 <몇 년 전인가 이곳에 온 적이 있었다. 손가락을 꼽아보기는 귀찮다. 틀림없이 추운 연말 무렵이었다. 그때 귤나무 산에 귤이 온통 열려 있는 풍경을 처음으로 보았다. 귤 따는 사람에게 가지 하나만 팔라고 말했더니, 얼마든지 드릴 테니 가져가라고 대답하고는, 나무 위에서 묘한 가락의 노래를 부르기 시작했다. 도쿄에서는 귤의 껍질조차 약종상으로 사러 가야 하는데, 라고 생각했다. 밤이 되자 자꾸만 총소리가 들려왔다. 무엇이냐고 물었더니 사냥꾼이 오리를 잡는 것이라고 가르

---

2) 肥後. 지금의 구마모토 현.

쳐주었다.>라는 구절이 있는데 1898년의 하이쿠 가운데 <바다 가까이 잠든 오리를 쏘는 총소리>네, <온천의 산 귤의 산의 남쪽>이네, <오아마에서 봄을 맞아 온천의 물 매끈하게 작년의 때>라는 것이 있다. 단, 소세키가 오아마에 간 것은 어쩌면 이때 한 번이 전부 아니었을까 여겨진다. 소세키는 1899년 정월에 <새해 첫날의 축하주를 마시고 집을 나서네. 금박가루 학이로 구나 붉은 칠을 한 술잔>이라고 쓴 것처럼, 정월 첫날에 출발하여 우사(宇佐)에서 야바케이(耶馬渓)를 유람했으며 고개를 넘어 히타(日田)로 들어갔고, 요시이(吉井) · 오이와케(追分)를 돌아다니다 집으로 돌아왔다. 1900년 9월 8일에는 이미 요코하마(横浜)를 출발하여 서양으로 길을 떠났다. <몇 년 전인가 이곳에 온 적이 있었다.>라는 구절을 바탕으로 소세키가 오아마에 2번 갔었다고 해석하는 것은 아마도 착오인 듯하다. 적어도 문헌적으로는 이 1897년 연말 이후 소세키가 오아마에 다시 갔었다는 사실은 어디에서도 찾아볼 수가 없다.

　게다가 소세키는 벚꽃이 흐드러지게 핀 산 속에서 비에 젖는 경험을 1897년 4월에 지쿠고(筑後)의 길을 걷다 한 적이 있었다. 『하이쿠 원고』의 24에 실린 <비에 구름에 벚꽃 젖은 산그늘> · <유채꽃 아득히 노란 지쿠고가와(筑後川)> · <꽃에 젖는 우산 없는 사람의 비가 춥기에> · <사람 만나지 못하고 비 내리는 산의 꽃잔치> · <지쿠고의 길 둥근 산에 부는 봄바람> · <산 높아 움직이려 하면 봄 흐려지네>라는 일련의 하이쿠를 읽으면 『풀베개』 제1장에서 화공이 산을 넘는 광경이 눈앞에 생생하게 떠오르는 듯하다. 만약 『풀베개』의 무대가 오아마라면 소세키는 봄에 지났던 지쿠고의 길에서 겪었던 일과 같은 몇몇 경험을 모아 오아마의 겨울을 장식하고 그렇게 해서 새로이 오아마의 봄을 창조한 것이 아닐까 여겨진다. 소세키에게 있어서 그 정도의 몽타주는 늘상 있는 일이었다.

1936년 10월 21일

나쓰메 소세키 연보

1867년 음력 1월 5일에 도쿄에서 출생했다. 본명은 긴노스케(金之
助). 태어난 직후 요쓰야(四谷)에 있는 고물상으로 보내졌
으나 곧 생가로 돌아왔다. 나쓰메 가는 원래 지역에서
상당한 세력을 가지고 있었으나 당시는 가운이 기울기
시작했다.

1868년 시오바라 쇼노스케(塩原昌之助)의 양자로 들어갔다.

1874년 양아버지의 여성문제 때문에 양어머니와 함께 일시 생가
로 돌아왔다. 공립 소학교의 하등소학교 제8급에 입학했
다.

1876년 양부모가 이혼했기에 시오바라 가에 적을 둔 채 생가로
돌아왔다.

1878년 4월에 상등소학교 제8급을 졸업했다. 10월에 긴카(錦華)
소학교 소학심상과 2급 후기를 졸업했다.

1879년 도쿄 부 제일중학교에 입학했다.

1881년 어머니가 돌아가셨다. 제일중학교를 중퇴하고 한자를 배

우기 위해 사립 니쇼(二松) 학사에 입학했다.

1883년 대학 예비문 수험을 위해 간다(神田) 스루가다이(駿河台)에 있는 세이리쓰(成立) 학사에 입학하여 영어를 배웠다.

1884년 대학 예비문 준비과정에 입학했으며 영어를 공부했다.

1886년 대학 예비문이 제일고등중학교로 바뀌었다. 성적이 떨어진 데다 복막염에 걸려 유급했으나 이후 심기일전하여 수석을 놓치지 않았다. 자립을 위해 혼조(本所)에 있는 에토(江東) 의숙의 교사가 되었다.

1888년 제일고등중학교 예과를 졸업하고 한문학 전공을 위해 본과 제1부(문과)에 입학했다. 시오바라 가에서 나쓰메 가로 다시 적을 옮겼다.

1889년 마사오카 시키(正岡子規)를 알게 되었다. 이해에 처음으로 소세키라는 호를 사용했다.

1890년 제일고등중학교를 졸업하고 제국대학 영문과에 입학했다. 염세주의에 빠지게 된다.

1891년 딕슨 교수의 의뢰로 『호조키(方丈記)』를 영어로 번역했다.

1892년 징병을 피하기 위해 분가하여 홋카이도(北海道)로 이적, 홋카이도의 평민이 되었다. 도쿄 전문학교 강사로 취임했다. 『철학잡지(哲学雑誌)』의 편집위원이 되었다. 다카하마 교시(高浜虚子)를 알게 되었다.

1893년 문과대학 영문과를 졸업하고 대학원에 입학했으며 학장의 추천으로 도쿄 고등사범학교의 영어교사로 취임했다.

1894년 초기 폐결핵 진단을 받았다. 12월부터 이듬해 1월까지 가마쿠라(鎌倉)에서 참선했다.

1895년 친구의 알선으로 에히메(愛媛) 현 마쓰야마(松山) 중학의 교사로 취임했다. 이때의 경험이 『도련님』의 소재가 되었다. 12월에 도쿄로 와서 귀족원 서기관장인 나카네 시게카즈(中根重一)의 장녀인 교코(鏡子)와 맞선, 약혼했다.

1896년 제5고등학교 강사로 취임하여 구마모토(熊本)로 향했으며 그곳에 집을 빌려 교코와 결혼했다. 교수로 승진했다.

1897년 이 무렵부터 하이쿠(俳句)가 알려지기 시작했다. 아버지가 세상을 떠났다. 도쿄로 돌아와 머물던 중 아내가 유산했다.

1898년 아내 교코는 히스테리가 심해져 자살까지 계획했었다.

1899년 영어 주임이 되었다.

1900년 문부성으로부터 영어 연구를 위해 만 2년간의 영국 유학을 명받았다. 런던에서 셰익스피어 연구가인 크레이그로부터 개인교습을 받았다.

1901년 이 무렵부터 『문학론』 집필을 시작했다. 유학비 부족과 고독감 등으로 신경쇠약에 걸렸다.

1902년 신경쇠약이 심해져 발광했다는 소문이 일본에 전해졌다. 12월에 런던을 떠나 귀국길에 올랐다.

1903년 제일고등학교 강사, 도쿄 제국대학교 영문과 강사로 취임했다. 신경쇠약이 재발했다.

1904년 메이지(明治) 대학 강사를 겸임했다. 교시의 권유로 쓴 첫 창작 『나는 고양이로소이다(吾輩は猫である)』를 낭독에 의해 발표했다.

1905년 『나는 고양이로소이다』를 『호토토기스(ホトトギス)』에 연재했다. 1회 예정이었으나 호평을 얻어 이듬해 8월까지 연재했다. 『런던탑(倫敦塔)』, 『칼라일 박물관(カーライル博物館)』, 『환영의 방패(幻影の盾)』, 『환청에 들리는 거문고소리(琴のそら音)』, 『하룻밤(一夜)』, 『해로행(薤露行)』을 발표했다.

1906년 『도련님(坊っちゃん)』을 『호토토기스』에 발표했다. 이 무렵 위장병으로 괴로워했다. 『풀베개(草枕)』를 발표했다. 면회일을 목요일로 정한 데서 '목요회(木曜会)'가 시작되었다. 『취미의 유전(趣味の遺伝)』, 『이백십일(二百十日)』을 발표했다.

1907년 아사히(朝日)신문사로부터 초빙의 이야기가 있어 모든 교직을 내려놓고 아사히신문사에 입사, 전업 작가가 되었다. 『우미인초(虞美人草)』를 아사히신문에 연재했다. 위장병에 시달렸다. 『태풍(野分)』을 발표했다.

1908년 『산시로(三四郞)』를 아사히신문에 연재하기 시작했다. 『갱부(坑夫)』, 『몽십야(夢十夜)』, 『문조(文鳥)』를 발표했다.

1909년 『그 후(それから)』를 아사히신문에 연재했다. 조선과 만주를 여행했다. 『영일소품(永日小品)』, 『만한 곳곳(滿韓ところどころ)』을 발표했다.

1910년 『문(門)』을 아사히신문에 연재했다. 위궤양으로 각혈, '슈젠지의 대환(修善寺)'을 겪었다. 『생각나는 것들(思い出す事など)』을 발표했다.

1911년 문학박사호가 보내졌으나 고사했다. 위궤양이 재발하여 오사카에서 입원했다. 아사히신문의 문예란이 폐지되자 사표를 제출했으나 재고를 요청받아 철회했다.

1912년 『피안 지날 때까지(彼岸過迄)』를 아사히신문에 연재했다. 치질로 두 번째 수술을 받았다. 남화풍의 수채화를 그리기 시작했다. 12월부터 『행인(行人)』을 아사히신문에 연재했다.

1913년 심각한 신경쇠약으로 고통 받았다. 위궤양이 재발하여 5월까지 누워 있었다.

1914년 『마음(こころ)』을 아사히신문에 연재했다. 위궤양으로 병상에 누웠다. 가쿠슈인(学習院)에서 『나의 개인주의(私の個人主義)』를 강연했다.

1915년 『유리문 안(硝子戸の中)』을 아사히신문에 연재했다. 교

토로 여행을 갔다가 위궤양으로 쓰러졌다. 6월부터 『한 눈팔기(道草)』를 아사히신문에 연재했다. 아쿠타가와 류노스케(芥川竜之介), 구메 마사오(久米正雄) 등이 목요 회에 참가했다.

1916년 류머티즘 치료를 위해 유가와라(湯河原) 온천에서 요양했 으나 이후 류머티즘이 아니라 당뇨에 의한 통증이라는 진단을 받았다. 『명암(明暗)』(미완)을 아사히신문에 연 재했다. 위궤양이 재발하여 용태가 악화되었고 출혈 이 후 12월 9일에 사망했다.

인간의 심리를 날카롭게 파헤친 성장소설

(개정판) 갱 부

—나쓰메 소세키 지음 12,600원

일본을 대표하는 두 거장(소설+만화)의 만남

(삽화와 함께 읽는) 도련님

—나쓰메 소세키 글 / 곤도 고이치로 그림 11,200원

일본의 국민작가 나쓰메 소세키의 주옥같은 단편

나쓰메 소세키 단편소설전집

—나쓰메 소세키 지음 13,000원

「영일소품」, 「생각나는 것들」, 「유리문 안」을 한 권에

나쓰메 소세키 수상집

—나쓰메 소세키 지음 13,000원

대중소설의 선구자, 나오키상으로 이름을 남긴

나오키 산주고 단편소설선집

—나오키 산주고 지음 14,000원

다자이 오사무의 대표작 「인간실격」에서부터 유서까지

그럼, 이만…… 다자이 오사무였습니다.

—다자이 오사무 지음 12,000원

한 남자를 향한 지독한 사랑, 다자이 오사무의 마지막 여인

그럼, 안녕히…… 야마자키 도미에였습니다.

—야마자키 도미에 외 지음 13,000원